侏罗纪公园

少年科幻大世界丛书

王国忠 陈渊 盛如梅 / 主编

ZHULUOJI GONGYUAN

广西科学技术出版社

图书在版编目（CIP）数据

侏罗纪公园 / 王国忠，陈渊，盛如梅主编. —南宁：广西科学技术出版社，2012.8（2020.6 重印）
（少年科幻大世界丛书）
ISBN 978-7-80619-343-3

Ⅰ. ①侏… Ⅱ. ①王… ②陈… ③盛… Ⅲ. ①儿童文学—科学幻想小说—小说集—世界 Ⅳ. ① I18

中国版本图书馆 CIP 数据核字（2012）第 192676 号

少年科幻大世界丛书
侏罗纪公园
王国忠　陈　渊　盛如梅　主编

责任编辑　方振发　　　**封面设计**　叁壹明道
责任校对　吴　宇　　　**责任印制**　韦文印

出 版 人　卢培钊
出版发行　广西科学技术出版社
（南宁市东葛路 66 号　邮政编码 530023）
印　　刷　永清县晔盛亚胶印有限公司
（永清县工业区大良村西部　邮政编码 065600）
开　　本　700mm × 950mm　1/16
印　　张　14
字　　数　180 千字
版次印次　2020 年 6 月第 1 版第 5 次
书　　号　ISBN 978-7-80619-343-3
定　　价　28.00 元

前　　言

科幻小说和根据科幻小说改编成的科幻电影，常被认为是给少年儿童看的。当然，少年儿童对未来充满希望、充满幻想，他们憧憬未来科学能出现意想不到的奇迹，想知道10年、100年，甚至更长的时间以后的世界会是个什么样子。然而许多成年人也喜欢读科幻作品、看科幻电影，包括大学教授、作家和科学家。在美国，《侏罗纪公园》《外星人》两部电影，是有史以来电影经济收益最高的。《第三类接触》《全面回忆》《星球大战》《疯狂的麦克斯》《异形》《终结者》等科幻影片都使成人和少年儿童入迷。与这些影片相关的小说，也成了少年儿童课余、成人业余喜欢读的畅销书。

科幻作品之所以令人着迷，是因为科幻作品与人类科学技术文明发展的成果血肉相连。这一特殊的文学，具有激动人心的超时代想象和积极的社会功能，极有利于激发人的创造性、想象力和科学探索精神。

世界上第一部科幻小说《弗兰肯斯坦》（又译《科学怪人》），通过一个双重性格的形象，揭示了人类与科学、科学与社会发展的关系及后果。后来，法国作家儒勒·凡尔纳又在科学知识基础上创作出一系列的科幻故事。他在作品中所作的预言，一次次地被科学的发展所证实。英国的乔治·威尔斯及后来不少严肃的科幻作家，把科学幻想和推理同社会学结合起来，以生动感人的小说形式，揭露了现实社会的矛盾和冲突。科幻小说这一特殊的文学，正在以发人深省的预见性和深刻的社会寓意，将人与自然，自然与社会，宏观与微观，过去、现在和未来及其变异等无所不包的疑问，推到社会面前，让人们去思考与鉴别。正因为如此，世界各国逐渐意识到科学幻想小说在青少年教育中的重要作用，早在20世纪六七十年代，有些发达国家就已将科学幻想课程列入学校教育计划。

为此，我们产生了编选一套《少年科幻大世界》丛书的想法，并准备精选一部分世界当代科幻小说的优秀作品，改写成故事，配上精美的图画。感谢广西科学技术出版社领导的支持，和全国科幻创作界的朋友们（包括港台的朋友）、翻译界的朋友们的大力帮助。现在首次与少年朋友见面的5本科幻故事，内容有关宇宙太空和异星生物的追踪和探索，科学实践与未来社会、生态平衡的破坏引发灾难、机器人与人类社会、时空转换和奇异世界历险，以及进化与变异等题材。这些作品科学构思大胆神奇，幻想色彩浓郁绚丽，寓意深刻发人深思，故事情节跌宕起伏，悬念迭起，扣人心弦，十分耐看。

这些故事不仅可以满足少年朋友对世界科幻作品的渴望，丰富他们的课余文化生活，而且有利于激起他们的创造想象力和求知的热情，引导他们去追求真、善、美，警惕假、恶、丑，从而培养勇敢的探索精神。我们殷切地期望，广大少年朋友关心这套丛书，积极提出宝贵的意见，帮助我们把这套《少年科幻大世界》丛书编得更好！

主　编

目　录

侏罗纪公园

哈蒙德基金会主席哈蒙德先生是一位性情古怪的富翁。十年前，他向哥斯达黎加政府租借了一个太平洋上的小岛——云雾岛，异想天开地要在这个小岛上建造一座世上独一无二的恐龙游乐园，以便获取暴利。为了垄断这种恐龙游乐园，他采取了严格的保密措施。

哈蒙德为营造恐龙游乐园，费尽了心血，花了大量资金购买先进的电脑和自动破译遗传密码的仪器。就在恐龙游乐园即将竣工之际，社会上纷纷谣传说，大陆上出现了一种名叫始秀鄂龙的凶猛食人恐龙，它是从云雾岛上逃出来的，正在威胁人类……显然，这谣传给哈蒙德带来了很大的压力，于是，在恐龙游乐园基本就绪时，他特地邀请了颇有声望的古生物学家格兰特、爱丽等人来云雾岛，做一次现场调查，以正视听。

虽然世上没有不透风的墙，但由于哈蒙德采取严格的保密措施，关

于云雾岛上已培育出各种早已绝迹的恐龙的消息直到最近才传出岛外。当加利福尼亚古柏蒂诺生物合成公司获悉这一惊人的消息后，立即召开了董事会的紧急会议。为打破哈蒙德的垄断，董事们个个踊跃发言，想出种种对付哈蒙德的办法。最后，大家一致认为，目前最行之有效的办法是，不惜一切代价弄到国际遗传公司的恐龙胚胎。这个任务就落到了陶杰逊教授的肩上。

就在哈蒙德为自己事业成功而欣喜的同时，他的公司内部出现了裂痕，一个叫赖德里的电脑程序设计师因与哈蒙德的经济纠纷背叛了他。陶杰逊决定利用这个矛盾，以重金委托赖德里偷出恐龙胚胎。他们约定就在赖德里陪格兰特等人去云雾岛的当天在旧金山机场见面。

陶杰逊如约来到机场，交给赖德里一个存放恐龙胚胎用的微型冷冻机，并答应事成之后支付酬金150万美元。

经过几小时的飞行，格兰特一行乘坐的飞机终于降落在云雾岛上。前来欢迎他们的是公园公关部门负责人雷杰，他带领大家沿崎岖的山路向游客中心走去。正当大家边走边流连小岛风景时，突然一头巨大的食草恐龙——雷龙出现在大家面前，这着实使大家惊慌了一阵。

在游客中心大家见过了哈蒙德之后，就进入公园的心脏——电脑控制中心，工程师艾诺和管理员马尔杜向大家介绍了公园的概貌。接着又来到了“萃取室”，遗传学家亨利又向大家介绍了恐龙DNA的提取方法及这儿已孵化出的各类恐龙。亨利还自信地告诉大家，从他这儿出来的恐龙都是雌性的，绝没有自行繁殖的可能。

夹在参观人群中的哈蒙德的孙子蒂姆和孙女阿丽克斯急不可待地嚷着要去看恐龙。于是大家就来到了围场，一只迅猛龙突然从草丛中窜出想要袭击人群。幸好围场有双层栅栏隔开，且栅栏上通有1万伏高压电。很快，它就被高压电击倒。不死心的迅猛龙又发动了几次进攻但都未果，只好吼叫着逃回树丛中，空气中留下了一阵淡淡的腐臭气味和久久不散的呛人

烟雾。

为了尽快一睹云雾岛的恐龙，雷杰安排大家坐上了由程序控制的电动越野车。一路上格兰特以专家的口吻滔滔不绝地向大家介绍着一路所见的恐龙。夕阳西斜，正当他们准备返回游客中心时，格兰特意外地发现地上有一块白色碎片，从其内部的图形和碎片的平整度来看，格兰特断定那是一片恐龙蛋壳碎片，于是惊恐和疑虑在人群中蔓延开来。这么说岛上除了人工培育的恐龙外，恐龙还在自行繁殖？那么，自行繁殖的是草食恐龙还是肉食恐龙？如果是肉食恐龙，那后果是不堪设想的。一想到这里他们一个个都不寒而栗。为了证实格兰特设想的正确与否，哈丁和罗简决定暂时留下来，继续寻找恐龙蛋的碎片。

越野车开始返回游客中心。没走多久，他们看见小岛码头边有一艘驶向大陆的船正要起航。蒂姆突然发现船尾部有两只迅猛龙正在戏耍。这一下给参观的人们心上又蒙上了一层阴影，格兰特感到必须用电话通知控制中心，让船只停止起航。偏巧，这时通话系统出了问题。他们只能乘游览车回去报信了。

赖德里原来是公园的积极支持者。但哈蒙德的行为又改变了他对公园的态度。哈蒙德先是对他设计的程序表示不满，要他修改程序，但又不付给赖德里程序修改费。更令赖德里恼火的是，他还写信给赖德里的其他委托人，暗示赖德里不可信任。这恰好成为生物合成公司的陶杰逊窃取恐龙胚胎的契机。

按他与陶杰逊的约定，他必须今天将恐龙胚胎弄到手，并立即送到今晚起航的船上朋友处，以便明天送到陶杰逊手中。

晚饭时，他趁工作人员去饭厅之际，进入受精室，立即将恐龙胚胎放入随身携带的微型冷冻盒中，同时也扰乱了电脑中所有保安代码，并将所有通信设备拨向占用状态。他自信地认为花上 15 分钟时间完全可

以从游客中心到码头跑一个来回，在这短暂的 15 分钟内他的所有行动是不会被人发现的。赖德里怀揣冷冻盒得意地来到地下车库。坐上一辆不受程序控制以汽油为动力的吉普车消失在黑暗之中。

工程师艾诺进入控制室，惊讶地发现远程视频监视器的屏幕上一片漆黑，他断定是外围设备断电了，但进一步的检查又发现保安系统也已被解除。他意识到恐龙随时都可能逃出围场，危险即将来临，于是急命马尔杜用吉普车把格兰特一行接回来。但当马尔杜到地下车库时，惊异地发现那辆载有火箭发射器的吉普车已不翼而飞了。

就在赖德里扰乱保安系统的同时，格兰特一行已来到了霸王龙围场边。突然的停电使围场里和公路上的灯全都熄灭了，靠电作动力的越野车也停在围场边。这时周围一片漆黑，恰巧天又下起了雨。不远处发出了霸王龙撞击栅栏的声音，格兰特等人明白，没有电的栅栏是根本阻挡

不了恐龙的。正在束手无策时，蒂姆从夜视仪上看到一只霸王龙正在爬出被它击倒的摇摇晃晃的栏杆。霸王龙的出现使车上的人惊恐万分。胆小的雷杰悄悄地打开车门，不打一声招呼就消失在茫茫黑夜之中。就在雷杰离开车子后的一瞬间，霸王龙来到了越野车边，经过霸王龙一阵“拳打脚踢”，越野车早已严重地变了形。在车里的蒂姆和阿丽克斯受了重伤。另一辆车里的格兰特和马康姆也自身难保，马康姆被霸王龙像抛布娃娃一样抛向了空中，格兰特也被霸王龙随汽车一起抛到了空中，重重地摔在地上，失去了知觉。

赖德里自从将吉普车开出车库后，一直保持着最快的速度向码头驶去，5分钟过去了，他还未看到码头的踪影，经验告诉他，自己迷路了。他感到再也不能耽搁时间了，现在必须回到控制室，立即起动被扰乱的保安系统。于是他下车去探路。正当他

准备返回吉普车时，一只恐龙来到了他身后，赖德里想逃已来不及了。恐龙将有毒的唾液喷到了他的头上、身上和眼睛里，不一会儿赖德里感到浑身疼痛，双目失明，呻吟着倒在吉普车旁。这时恐龙就用利齿撕开了赖德里的腹部，赖德里感到自己的肠子流了出来，接着就昏死了过去。

自从格兰特发现恐龙蛋碎片后，哈丁、爱丽和罗简，一直在原地希望能找到更多的碎片，以便证实格兰特教授的论点，他们忙了大半天，直到天下了雨他们才驱车返回。由于他们乘坐的越野车是以汽油为动力

的，因而不受控制中心的程序控制，也不受停电的影响。半路上，他们突然发现，前方有一群雷龙在穿越公路。待雷龙过后，他们又驱车前进。刚开两步，汽车又戛然而止，因为前方又有一群始秀鄂龙在穿越公路。哈丁感到奇怪，始秀鄂龙是食腐肉的恐龙，通常不在夜间活动，除非有濒临死亡的动物吸引着它们，难道前面有死伤的动物。更何况始秀鄂龙是关在围场内的，怎么会跑出来呢？一种不祥的预感笼罩着他们，待恐龙过后，他们加快了车速向游客中心驶去。正在寻找格兰特一行参观人员的马尔杜看到迎面驶来的一辆汽车，就边叫边喊边打手势向汽车跑去。马尔杜向汽车内的哈丁等人讲述了今晚公园里所发生的一切。为救援格兰特等人，哈丁调转车头，朝刚才出现始秀鄂龙的方向驶去。

在山脚下，马尔杜看见路边的一堆蕨类植物丛中有一个白色的东西，他跳下车，慢慢朝前走去。马尔杜简直不敢相信自己的眼睛，那白色的东西竟是一条血肉模糊的人腿，肉已成淡青色。从腿肚下的白袜判断出那是雷杰的腿，他们忍着悲痛把腿包好并放在车后面，然后继续前进。

吉普车从山下飞也似地往山上直驰，在通向游客中心的公路上。他们又发现了两辆破烂不堪的越野车。大家循着车边的脚印往前摸索着，终于在路边的树丛中发现了躺在地上的马康姆，他右脚踝以异常的角度向外扭曲着，裤脚管沾满了血，紧紧地贴在腿上。于是，罗筒帮马尔杜将马康姆抬上吉普车，送回游客中心。

马尔杜没有从马康姆的嘴中知道格兰特一行的下落，着实为他们的安全而担心。其实就在遭受恐龙袭击后不久，蒂姆在越野车里渐渐恢复了知觉。但当他发现越野车正悬挂在离地约 3 米高的树枝上，并随风摇晃着，他感到必须立刻离开这辆危险的越野车。于是他奋力地推开了车

门，侧身挤了出去，但由于没有站稳，于是就从树上摔了下来，接着越野车也掉了下来，幸好落在了他身边。蒂姆感到又疼痛又难过，不禁一屁股坐在地上呜呜地哭了起来。当他停止哭泣时，他却仍听见一阵阵呜咽声，循声寻去，终于在一根直径1米的下水道管内找到了阿丽克斯，她冻得瑟瑟发抖，幸好除了头部皮肤出血外，其他地方没有任何伤。于是他俩就大声呼叫格兰特的名字。不一会儿，格兰特一瘸一拐地来到他们身边。

起先，格兰特打算原地等待救援人员的到来。但不久他看见从远处走过来一个人。从走路的姿势来看，他估计是雷杰。正当他要喊雷杰的名字时，突然，一只未成年的霸王龙出现在雷杰身边，只见那恐龙将头一甩，就将雷杰摔倒在地。起初雷杰还大叫几声，可后来就没有声息了。待霸王龙抬起头来时，格兰特看见它嘴上叼着一块肉。看见这一幕悲惨的景象，格兰特意识到这儿已不再安全，于是带着孩子们飞跑着离开了原地。

公园里出现的事故令哈蒙德万分焦急，他要求艾诺立即使电脑恢复正常。艾诺和亨利手忙脚乱地在控制台上乱按乱揿，但电脑始终处于混乱状态：不久艾诺总算搞清楚了原始代码的命令。当他将这些命令逐条输入电脑后，终于电脑又恢复了正常，公园各处的巨大石英灯立即亮了起来。电又恢复供应了，接下来的任务就是要去将逃出围场的食肉恐龙赶进围场。为了自身的安全，马尔杜即想停放在地下车库里吉普车上的火箭发射器，可惜那辆车被赖德里开跑了。通过监视器他们找到了赖德里丢弃的吉普车。当他们赶到时，一群始秀鄂龙正在吞食赖德里的尸体……马尔杜取出火箭发射器后，立即返回游客中心。半路上，他看见一只霸王龙正在追赶一群鸭嘴龙，于是他调转车头，向这只霸王龙追去。

格兰特带着两个孩子离开了雷杰遇害现场后，无意中进入了蜥蜴类围场。他们累极了，疲乏地向一座水泥建筑物走去，建筑物内放着一些设备，地上还堆了许多干草。他们一躺在草堆上就睡着了。待他们醒来后已是第二天清晨。格兰特忽然闻到

了一股腐烂垃圾的臭味，他立即站起来，发现不远处一群鸭嘴龙正在被霸王龙追逐着往这儿跑来。格兰特和两个孩子赶忙取了一支麻醉枪和一个皮筏离开围场，绕道来到了河边，他们准备乘皮筏回游客中心。当他们将皮筏放到河中时，突然发现对岸一只霸王龙正在睡觉，它身边还放着一只被它杀死的鸭嘴龙。他们紧张得浑身哆嗦，急忙穿上救生衣后蹑手蹑脚地上了皮筏。正在这时，阿丽克斯突然打了一个很响亮的喷嚏，这响声惊醒了那只霸王龙，于是它跳下水向他们追来。正在千钧一发之际，岸上又出现了一只霸王龙，并占有了那只前来追击的霸王龙的食物。水中的霸王

龙为了保护自己的猎物，放弃了追赶格兰特，立即回头向岸边游去。

经受这场虚惊之后，他们又来到了飞禽场地。想不到这里也隐藏着杀机，他们又经历了一场惊心动魄的斗争，终于过了这一关。不久他们发现皮筏速度越来越快，当他们看到皮筏已接近瀑布口时，大家奋力向岸边划，但由于水流很急，瀑布还是无情地将他们抛向下面的水潭里。格兰特带着蒂姆和阿丽克斯奋力游向了岸边。

上岸后他们顺小路来到瀑布后面，那儿存有大量机器，在机器的背后还有一扇金属门。格兰特按动门上的按钮，金属门开了，不料待格兰特进门后，门又立即关上了，把蒂姆和阿丽克斯关在了外面。

格兰特进入金属门后，发现这是一个隧道，里面停了一辆吉普车。于是格兰特驾车快速前进。出了隧道之后，不料前面就是游客中心。此时的游客中心已是一片狼藉，他用死亡的守卫身

上的无线电话机与爱丽联系上了，通过与爱丽的通话，知道围场内的恐龙已全部逃出了围场，许多人都已集中在旅馆，而旅馆也岌岌可危了，恐龙正在撞击安全栅栏。爱丽的话音未落，电话里又传来了亨利的声音，他告诉格兰特，最初恢复供电的仅是辅助电机，而主电机一直没有恢复，所以公园内没有高压电，同时请格兰特立即去维修楼，帮助

艾诺修理主电机。当格兰特接近维修楼时，听见一声恐龙的吼叫声和一声爆炸声。他赶紧进入维修楼，发现肩扛火箭发射器的罗简瘫坐在地上，地下发电室地上躺着已被恐龙咬死了的艾诺和被炸死的恐龙。格兰特在亨利的指示下一步一步地修理发电机。格兰特和罗简回到了游客中心，他们又花了4个小时的努力，电脑和通信系统恢复了正常，通过通信系统与外界取得了联系，并接到逃到船上的恐龙已被船员打死

和哥斯达黎加国民部队正向云雾岛行进的消息。

由于供电系统的恢复，旅馆外的安全栅栏又带上了高压电，因此，旅馆和游客中心成了这恐怖云雾岛上最安全的地方。经统计，在这一事件中岛上的 24 人已死亡了 8 人，失踪了 6 人，哈蒙德也葬身于恐龙的利齿下。

不久装满了防爆队员的直升飞机飞抵了该岛，武装人员果断地消灭了旅馆和游客中心周围的恐龙，并将两幢楼里的人接到了飞机上。飞机起飞后。另一架直升机穿过游客中心上空，过一会儿，这幢建筑物突然变成了一个明亮的大火球，接着传来了一阵震耳欲聋的爆炸声，火光映红了天空。

[美国] 迈克尔·克里奇顿　原作

李　华　改写

韩伍　生发　插图

地狱之火

一、老船长之死

伯纳德和汤米是多年的老朋友，又是同年——67 岁。伯纳德是剑桥大学的著名教授，也是全国知名的环境保护论者；汤米·戈尔特是位老船长。自从他们退休以来，便回乡一起安度晚年。他们两人从小一起长大，尽管成年后各自的工作性质不同，联系始终不断。他们退休回乡

后，更成了至交。

然而，就在波根飞机公司发动机试验站迁来后，戈尔特船长便发了怪病——头痛欲裂、精神恍惚。伯纳德和女儿戴纳都十分为他担心。

这天，伯纳德和女儿正在海滩上散步。突然，他们发现，戈尔特船长摇摇晃晃地从他住的灯塔里走出来，跨上了高高的悬崖，双手托着脑袋，小心翼翼地向前移动。

还没等伯纳德踏上通向悬崖的陡峭石阶，戴纳已经惊叫起来，“爸爸，不好了，汤米叔叔要摔下来了！”

伯纳德一抬头，只见老船长的身体已连滚带翻地直跌落在海边乱礁滩上。

“哎哟，天哪！”伯纳德对女儿说，“戴纳，快！”

他们急奔过去时，戈尔特已经死了。

“咳，可怜的汤米，”伯纳德悲愤交集，边说边盯着尸体，“戴纳，给奎斯特博士的电报发了没有？”

“发了。”

“好。可惜太迟了。厄运已经降临了。”

二、博士出场

奎斯特博士是厄运观察哨实验站主任——监测噪音污染的专家。他接到电报后立即赶到伯纳德的住所。

他推开房门，走了进去。房间里昏暗而冰冷。戴纳正在壁炉旁出神。听到人声，她就抬起了头。

“斯宾塞叔叔！”她飞奔过去迎接他。

奎斯特博士吻了一下她的头发，“啊，见到你很高兴。噢，这里出了什么事？”

“唉，您知道，老船长已经死了，”戴纳说着，伤心得眼泪汪汪，“他是我爸最老的朋友，住在海崖上那座旧灯塔里。他和我爸都是资源、环境保护论者。这里的大部分土地归军队。老船长和我爸一直联络环保组织跟他们斗争，要他们放弃破坏自然环境的各种武器实验。”

“好一个伯纳德！”奎斯特博士听得笑了起来，“以后呢？”戴纳脸色忧郁起来，“后来，军队改变手法，把一部分项目转给了一家大公司——波根飞机制造公司。它就靠近悬崖那边：他们建造了大型试验站，噪音响得可怕！”

“我明白了。”博士知道那家公司，是新型喷气式发动机制造业中半军半民的大企业。

“你父亲呢，他在哪里？”

“爸爸到戈尔特船长的灯塔屋里去了。”

“什么？他为什么到那里去？”

戴纳显得不安起来：“我爸有怀疑。他认为，那些噪音害死了船长！叔叔，您是星期日来的，明天您就能听到一切了！”

三、不幸接踵而来

伯纳德教授在灯塔屋里逐页翻阅着老船长

的日记，可是什么也没有发现。当他翻到最后两页，才大吃一惊。这两页上只有四个大字，横跨两页。

“地狱之火，”他不觉读出声来。“这指的是什么东西呢?”他沉思了很久。戈尔特船长写这几个字的时候，心里肯定很难受。突然室内出现一阵阵低沉的噪音，声音很怪，而且越来越响。一些杯子开始颤动，接着又是一阵刺耳的噪音，似乎一下子贯透了他全身，使他不能思考。转眼间四壁也震动起来。伯纳德突然明白了：地狱之火！他试图站起身，可是很难。他全身哆嗦，勉强走向门口，把门推开。果然，试验站升起一股粗大的、忽红忽蓝的火焰，直冲天空，把大地和海洋映成了一片火海。

“啊，戈尔特……地狱之火!”

伯纳德感到脚下的土地在颤动，连忙找到那条回家的小路，忍受头痛告诫自己：“必须马上远离海崖!”

他一跤跌进家门的时候，恰巧博士正要出来找他。

“啊，斯宾塞，谢天谢地，你终于来了……”说着，他闭上了眼睛，浑身抖得厉害。话声未落人已昏倒在地。

奎斯特博士快步上前，双臂抄到伯纳德身下，把他扶了起来，“戴纳，他还活着，快去请医生！”

第二天早上伯纳德略有好转。他吃力地向博士转述了灯塔内外发生的一切怪事。没多久他又疲倦得睡着了。

博士向戴纳讲解了她爸爸遭到侵害的原因。他说：“我们用分贝来计算噪音的强度。如果噪音超过一万分贝，它就会使人昏厥，甚至还能把人噪死。”博士立即通知他的观察哨带着仪器来飞机试验站测验噪音。

当天下午，伯纳德大为好转，他邀博士一起外出散步。

“我们去哪儿？”博士问道。

“老船长那儿。我还没看完他的全部东西呢。”

奎斯特大为惊奇。

到了戈尔特船长的灯塔屋，伯纳德立刻开始读那份遗稿；博士则小心地环视房间。

“这是什么？”他突然拾起一片眼镜片。镜片已破裂，在一边有个小小的V形缺口。

“我听说过可从来没见过。这样看来，问题十分明显。”博

士继续说道。

“那是什么？它说明什么问题?”

“这叫雷震，”博士解释说，“强烈的雷声能产生击碎玻璃的共振……这区域肯定发生过超强噪音或强雷震。”

博士打开通向灯塔的那道门，只见狭窄的阶梯沿墙盘旋而上，直通塔顶。他明白，空洞的灯塔会产生强大的共振，难道这就是戈尔特船长之死的谜底吗？

“我要到海崖上下区域去看看，”博士看了看手表，“我大约半小时就回来。”

“好吧，估计那时我也会全看完了。”伯纳德又继续读起戈尔特写的东西。

可是不久，他读不下去了，而且开始感到很不舒服。那种噪音又来了！噪音透过地板向上，尖厉而又低沉，越来越响，室内一切也随着颤动起来。伯纳德身子哆嗦不停，头也渐渐疼痛起来。他又见到那可怕的火焰从窗户里蹿进来。没多久……共振震破了他的眼镜片。他感到室内越发昏暗，可那噪音却越来越响。他终于倒了下去。

奎斯特博士回来时，灯塔屋里寂静无声。然而伯纳德已经死了。

四、第一个回合

戴纳向来不怕艰险，她擦干了眼泪，跟博士一起向波根飞机发动机制造公司开战！

博士率领他的观察哨成员，带着仪器和初步测试资料，跨上子弹车，直奔飞机试验站。他们一到便直接去见总经理，并要求做实地噪音测验。

“为什么呢？你们有什么理由呢？”总经理很不客气地反问。

“因为已有两人死亡，

雷诺兹先生，”博士对他说，“我以为是噪音害死了他们，估计噪音是从这里产生的。我们已在灯塔里做了初步测试。死亡事件都发生在那个区域。我认为……”

“真的吗？”雷诺兹绷着脸，“死的人是谁？”

“伯纳德·柯利……”

“啊！”总经理坐回他的椅子，变得客气起来，假装怜悯。“不过，我很了解他，他老是制造麻烦。他是个环境保护论者。”当他说到这个字眼时，口气相当粗暴。

“他把一切都归罪于我们，”雷诺兹继续说，“他就是保守，

反对进步!”

奎斯特博士怒不可遏，站起来大声责问：“你真的以为你们试验的的新型发动机是进步？你们为什么不考虑控制噪音呢？千千万万人民生活在噪音的侵害之中，你们不在意，却只为极少数有钱人稍快一点儿飞抵纽约!”

雷诺兹也站了起来，“奎斯特博士，我了解你们观察哨，也不想否定你们的工作。但是这里用不着你们。我们是在发展文明，为许许多多人创造就业机会。”

“可你们不顾一切地给人带来致命的噪音!”博士激动起来，“我要测验你们的新发动机。如果超过限度，我一定阻止你们试验。”

“我们为政府工作。你阻止不了！不过，我会帮你的忙。你要明白，我这里的试验是无害的。”雷诺兹诡秘地微笑着。

雷诺兹等他们一走，就抓起电话，“给我接霍尔特博士。”他等着回音。“霍尔特吗？我是雷诺兹。听着，厄运观察哨的

人要做噪音测试。注意，不该让他们发现 T 字 9 号。”

停顿了一会儿，霍尔特慢条斯理地回答：“T 字 9 号？明白了。”

下午三点，奎斯特一行人回到雷诺兹办公室。

雷诺兹仔细看过报告，微微一笑：“怎么样，平均低于限度，难道不是吗？”

“不错，可是最高振幅是 94，接近限度了。我们发现与灯塔区域的测验有差距，我们还会来的！”

五、怪异的严重昏厥

博士从飞机公司回来后，没有休息，立刻又去了灯塔进行测试，并搜集区域、方向鉴定资料。当他回来时，就像伯纳德一样，病得很厉害。

戴纳悲痛万分，陪着医生在照料他。她听说博士的助手要把他送进医院，噪音检测工作暂停，更感到难过。

“听着，小姐，这是暂时的，我们跟博士一样，不会罢手。雷诺兹肯定做了手脚，这是明摆着的。我们必须有足够的证据。”博士助手里奇说道，“大臣大发雷霆，说我们阻挠进步，如果中止测试，我们的观察哨就要被关闭。”

午饭后，里奇带领测试队开始装车，并安排人手送博士入院。

“别把博士的仪器设备忘掉。”里奇提醒伙伴们说。

“哦，对了，博士曾去灯塔做过检测。”

“啊，不错。”说着，里奇沿着海崖走向灯塔屋。

这又是一个天高气爽的下午。他偶然抬头瞥向悬崖上空，突然发现高空中一缕飞机尾迹。他想，还远着呢！可眨眼间他又听到一种奇怪而又低沉的噪音，逐渐强烈和尖厉起来。凭经验，他很快便知道那噪音来

自灯塔。同时他想起了清洁工诺特夫人。今天她在那儿工作。

里奇迅速奔跑起来。

灯塔屋里噪音响得可怕。室内样样东西都在颤动。诺特夫人躺在地上，双眼圆睁，可是看不见他。

里奇奔回伯纳德家时，奎斯特博士似乎又好多了，正在争辩着拒绝去医院。

“医生，快去救救诺特夫人，她在灯塔里边，快!”里奇气喘吁吁地说，“我已发现一些证据，博士。我亲自听到了那种噪音，诺特夫人也听到了，并且遭到了伤害。”

“我想我没搞错，”奎斯特感到高兴，精神一振，感到好了许多，“我们已找到答案了。几次事件都发生在下午这个时刻。不过，我们还需要证据。你立刻通知布雷得利，马上整理好有关超音速飞机、资金来

源等资料，”接着博士在里奇出去时又叮嘱了一句，“还有，打个电话给大臣办公室，通知巴克到这儿来看检测结果。我们一定要制止波根公司！”

“可是大臣办公室不会为你派人来的！”

“会来的。”博士笑道，“告诉他，说我病了，不行了，他就会赶来查明原因的。”

六、T字9号试验

第二天早晨，奎斯特亲自再次去灯塔，随身带去较多的仪器。中午回来时，他感到满意。

“行了，一切准备就绪，”他对戴纳说，“我们就要有东西给大臣看了。”他向周围扫了一眼，问：“里奇在哪里？”

里奇这时正好走进门来。“我一直在观察那个试验站，现在又发现一座我们没有检测的高大建筑，霍尔特没有让我们去。博士，你是对的，噪音大大超过限度。”

同时，布雷得利

打来电话，证实波根公司正在制造一架有火箭发动机的超高速飞机，代号为T字9号。

“万分感谢，先生们。有了这些，大臣办公室和雷诺兹将无话可说。”

下午三点三刻。一辆大轿车里走出巴克和雷诺兹。巴克是个机敏的年轻人，是大臣的助理。

“博士，”巴克开始讲话，“我必须告诉你，大臣很生气。雷诺兹报

告说，你企图阻挠国家级绝密试验工作。死掉个把环境保护论者，怎么硬扯到雷诺兹工程上呢？你要是拿不出像样的证据……”

“我不认识你是谁，但那位环境保护论者是我尊敬的父亲！”戴纳猛烈反驳说，“波根公司害死的不止我父亲一人，知道吗？”

巴克大为震惊。雷诺兹怒气冲冲，“你们已经做过几次检测。两天前，你们使国

家级工程中断了一个下午。结果又怎样？"

奎斯特博士胸有成竹，从容答道，"那几次检测确实未超限度，"突然他两眼盯住雷诺兹，"但是，还有一处我们没检测呢！"

"你说什么？"雷诺兹企图发作，但又忧虑起来。

"为什么不让我们检测T字9号？"

雷诺兹面孔一板，"因为那是绝密工程，不准看！"

"巴克先生，真的？"博士问道。

"真的，确是绝密。"

“可现在我们全知道了,”奎斯特再也憋不住了,“其他的都是喷气发动机,噪音一般低于限度。你很聪明,雷诺兹先生。可是T字9号不是。对吗?那是火箭发动机——而且比一般火箭噪音更严重。”他看了看手表,“看吧,马上就会有证据,巴克先生。仪器都已准备就绪,就在灯塔里,请吧!你们每天总是三点钟试验T字9号,不是吗?”

巴克和雷诺兹不禁愕然,一时说不出话来。

“我明白了,”巴克一直仔细听着,这时说话比较客气了。“我不知道这件事。今天T字9号飞行吗?”他问雷诺兹。

“飞行,”雷诺兹解释说,“T字9号只是只火箭发动机,我们有两只:一只地面试验;一只在飞机里,每天三点起飞。

“那么,看看吧,博士!”巴克说着,走进了灯塔屋。

室内哑然无声,所有的人都在倾听。突然,临窗而立的里奇叫道,“那是什么?”一种低沉的噪音逐渐出现。

“不，不是那种声音。”雷诺兹说，“那大概是海上轮船声，与T字9号无关……”

然而话音未落，自动仪器已开始在纸上划出细线。与此同时，开始听到一种尖厉而低沉的噪音，越来越响，记录仪划线在纸上暴跳。

巴克打开通向灯塔的门。立刻，噪音变得异常可怕，人们马上掩住耳朵。这时房间开始颤动，玻璃发出破碎声。

奎斯特开始奔跑，“戴纳，快叫救护车来。”

当他奔回灯塔时，只见三个人哆嗦着抬出另一人，把他放在地上。那人恰恰是雷诺兹本人。巴克脸色惨白，浑身发抖，可是非常恼怒。

“奎斯特博士！你预谋把我们置于危险境地，你要为此……”巴克

大声嚷道，“雷诺兹要是有个三长两短，你得……”

“请记住，已有两个人死了。”博士回敬了一句。

“那不一样，”巴克仍不罢休，“那是偶然事件，这次却是你预谋的！”

“不要忘记，是你打开了通向灯塔的那扇门，那是几人受伤的直接原因。”里奇怒气冲冲顶了巴克一句。

巴克坐在地上，沉思了一会儿，才慢吞吞地说：“好吧，博士，你又提供了证据。这种试验可能是危险的。我得向大臣报告。”他转向试图坐起来的雷诺兹，“T字9号试验暂时停止。”

奎斯特赢得了暂时的胜利。

七、斗争并未终止

可是，反噪音的战斗并没有结束。

几星期后，奎斯特博士和布雷德利被召去参加一次重要会议。他们回来时异常愤慨，痛心地说：“他们获胜了！那家可怕的波根公司不久将恢复暂停的试验！”

“什么?”里奇和戴纳吃惊地问。

“我们见到了大臣，他看了我们的证据，也听取了双方的详细报告。可你们知道政府在打什么主意?”布雷德利代替愤愤不平的博士说了下去，“他们计划暂停试验一个月，这期间政府将买下戈尔特的灯塔，并把他拆毁；然后将封锁海崖附近噪音严重和引发共振的区域。发动机试验将重新开始。他们的理由是，只有一定的区域存在危险，而且只有对虚弱的老人才是致命的，其他人只不过受到伤害。危险区域封锁后，将不会出现问题。”

“两位老人也就白死了!”戴纳愤怒地说，“很清楚，他们继续试验是为了捞回全部投资，而且要赚得更多!”

布雷德利忧心忡忡地摇了摇头，“如果飞机飞越全国，起飞、降落造成的影响又将如何?”

“像平常一样，”奎斯特博士苦涩地说，“就像大臣表扬我们时说的，如果出什么事，我们就去查明原因!”

［英国］基特·佩德勒　原作
陆根法　插图
陈　渊　改写

红包的故事

你也许听说过台北西门町的红包场，从前还没有卡拉OK和MTV的时代，西门町的歌厅曾经盛极一时，后来逐渐没落了。

年轻人转移到台北东区活动，光顾西门町歌厅的，都是退休的老人，想不到这反而给歌厅带来生机。为了降低成本，歌厅聘请不知名的新秀或者过气的歌星，唱些国语歌曲和西洋老歌来讨好客人。歌厅付的酬劳有限，但如果听众满意，就会当场站起来赏红包给歌星，红包场因而得名，红包也成为歌星收入的主要来源。红包场消费额不高，半杯清茶一碟瓜子，不过两百元就可以打发掉一个下午，因此成为退休公务员和退伍老兵消磨时间的好去处。可是光顾红包场的并不限于这些人，偶然也有身份背景特别的人物。我们的故事，就发生在这样一位人物身上。

一、一代歌后重回红包场

于素兰是红包场的名歌星，虽说是大牌歌星，其实不过每场多收几个红包钱，二十年前的于素兰才真正红遍半边天，自从倒嗓，不得不改行经商。两年前，生意失败又被同伙骗走半生储蓄，只好一大把年纪回红包场谋个糊口。她到底不愧一代歌后，虽然倒嗓后音域受到限制，但赢个满堂彩仍轻而易举。于素兰再度下海不到一年，已经成为红包场的台柱。每逢她演唱的日子，歌厅的顾客显著增加，也难怪红包场的老板对于素兰十分恭敬。红包场的老板唯一不满的，就是大牌惯了的于素兰，对顾客一向不假辞色。那些退休的老人家肯拿出微薄的退休金来孝敬歌星，不消说是天大的面子，所求的无非是对歌星的青睐和

其他客人的惊叹。比较体贴会做人的歌星，拿到赏红包时，不仅当场报出客人的名字致谢，演唱后也不时出来和赏红包的客人寒暄几句。这和带出场当然不可同日而语，几乎可说是父女般的纯洁关系，可是于素兰连这一点点公关都不肯做。她还是抱着二十年前的骄傲态度，唱完歌立刻走，似乎别人捧角是心甘情愿、活该，她可没有必要和客人敷衍。

于素兰这套处世哲学，你不能说她错，至少避免许多无谓纠缠，拿到今天的红包场却有些不合时宜。

孝敬红包的客人左等右等，不见于素兰回报，免不了大失所望。那嘴巴缺德的就编了故事消遣她，讲她如何养小白脸，被骗走半生积蓄。这故事至少有一半是真的——所有动人的故事都有几分真实性——其他更不像话的故事则全属杜撰，可惜人们分不清楚真假。有的红包场客人竟暗中开始抵制于素兰，不仅红包的数目锐减，甚至红包场的生意也受到影响。生意人最现实不过，即使你是昨天的衣食父母，影响到今天的生

意，他一样给你脸色看。于素兰什么时候看过这种脸色，几次想收山不干，为了生活不能不忍气吞声。

二、火山孝子恶作剧？

她早就超过四十一枝花的年纪，难得身材还大致保持原状，远看仍然娇艳动人，她的台风据说崔大妈当年都甘拜下风，可惜岁月不饶人，她已没有精力连唱带跳表演数小时，但是演唱抒情歌还绰绰有余。这一阵子观众逐日减少，她勉强打起精神表演，回报的掌声稀疏，有时甚至引起一声嗤笑。于素兰气起来简直想摔麦克风，二十来个喝清茶磕瓜子的老头，值得她费这般精神演唱吗？

唱完最后一首《大江东去》，掌声寥寥，她勉强说声谢谢，把麦克风插回原处。这时却有人递上红包。

于素兰的眼泪几乎夺眶而出，这还是下午场第一次有人送红包，惨到这个地步可说一世英名扫地。她接过红包，谢谢也没说就冲入后台。

该是收山的时侯了她一面卸装一面想，即

使自己赖着不走也会被老板轰走，与其受人侮辱，不如识趣辞职，她把首饰收入化妆箱，顺便把唯一的红包也扔进去。

红包分量不轻呢，于素兰突然起疑。红包里照例应该是百元钞票。大方捧角的客人有时一次可赏十个红包，成扇形拿在手里表态，赢得全场注目。红包是供人欣赏的。谁也不会傻到放一叠钞票在同一个红包里。但这个红包却显然过分沉重，远远超过一张钞票的重量。

是谁恶作剧吧？于素兰不仅自叹倒霉，最后一次出场还要被人羞辱一番，说不定塞叠便纸在里面。她拆开红包，顿时整个人呆住了。红包里面是一叠千元大钞。她数了数，一共二十张，两万元。

两万元的红包！这是火山孝子搏命的玩法，靠退休金生活的人是玩

不出这种花样的。

三、是谁摆阔，好大手笔

但是她连谁送的红包都不知道。刚才演唱完心情极坏，那人送红包上来时她根本没注意对方。似乎是个矮小的汉子，也可能身材中等，递上红包立刻退回台下，没有等她说一句话就消失不见了。

于素兰当下打消辞念：士为知己者死，有人这么欣赏她而且不望回报，着实令她感动。几个星期来积累的郁闷，一扫而空。唯一遗憾是没有人知道她收到大红包，又不能敲锣打鼓自己去宣传。下次她可要当场说些感谢的话，替那人争回面子。

下次并没有她想象那么快来临，以后演唱时每次收到红包，她都会先掂掂分量，但重量级的红包不再出现。一天、两天、一星期、两星期

……于素兰不能不怀疑，那人是不是逢场作戏。就在她几乎放弃希望时，那人再度出现了。

又是唱完最后一曲《大江东去》，有人从光环外边递进红包来。她拿到手里就知道分量不同，立刻说：“谢谢这位大哥的礼，你们看……”

她撕开红包，将一叠钞票撒向空中，千元大钞雪花般飘落，台下一片惊呼

“好大的手笔……”

“是谁摆阔？”

“究竟是谁？”

于素兰接着说：“这么厚重的礼，我受之有愧，这位大哥请留步！”

她步出光环，那人却头也不回，匆匆朝场外走去，于素兰这次总算看清楚他的背影。果然身材不高，从走路姿势判断似乎已过中年。驼背的他走得十分吃力，但转瞬间消失不见。

四、怪客深夜造访

于素兰收到超级红包的消息震惊了红包场。她果然扬眉吐气，不仅羡煞红包场的众姊妹们，连老板也不能不改容相敬。台北市著名的两家八封杂志知道了，都刊出特别报道。一家的标题是“钟楼怪人苦雨恋春风”，另一家更干脆，写着“美女与野兽——驼侠大闹红包场”，还刊出于素兰二十年前走红时的照片，以及这些年来追求过她的名人小传。近五十岁的女人还能有这番机遇，于素兰自然踌躇满志。她深谙见好便收的道理，认真考虑退休写回忆录。

但是一位怪客深夜造访，却使她无法贯彻初衷。

那人到她的公寓按门铃时，已经深夜一时，于素兰虽没有迟睡的习惯，也不敢三更半夜随便让陌生人进来。从窥视孔望去，那人身材微驼，相貌并非恶类，于素兰心念一动，大着胆子问，“你找谁？”

“于小姐，很抱歉这么晚打扰你，”那人声调清澈，“但是有要紧事，不能不冒昧了。”

“你是谁？”

“我不是你猜想的那个人，但是我知道那个人是谁，就是为了他才来找你。”

这话很玄，于素兰仍然不敢开门。

“有话便说，我都听得见。”

“我还是进来说比较好。”那人才说完话，已经站在门里边，于素兰大惊。那人忙说：

“对不起，并不是故意吓唬你，实在是为了让你了解，我和他都是一类的人。”

“你是什么人？难道是外星人不成？”

“于小姐，真聪明！”那人含笑说。他长得不算难看，除了驼背算得上一表人才。“但是我们都不是坏人，我来捉他，也并不是因为他犯了什么罪。从人的观点，可以算一种游戏，斗智的游戏。”

五、外星驼子玩躲猫猫

“你是外星人，那么……”于素兰说，那个……”

“那个给你大红包的，”那人接下去说：“他也是外星人。他先来地球，然后我降落地球寻找他，如果我在三□之内找到他，我就赢了，不然就算他赢。”（注：□音满 mǎn，呼回星球日）

“我们也有这种游戏。”于素兰突然觉得很滑稽，一个外星驼子与另一个外星驼子玩躲猫猫，竟找到她家来，“一□有多久？”

“照你们的说法是七年。现在三□快要到了，他一定以为稳操胜算，其实我早已掌握他的行踪，明天三□到期，我们就要见个高下。”

“这和我有什么关系？”

“当然大有关系，”

驼子说，“明天你会收到演艺生涯以来最大的一个红包!”

“真的?”于素兰大喜，却故意以平淡的语调问道：“大概有多少?”

“我不知道有多少，反正不会太少，然后他会点一首歌。上两次送红包，他都毫无要求，所以他算准明天点唱，你一定不会拒绝。”

“这首歌对你们有特别的意义?”

“不错。我们当初约定，三⌖到期时，他会透过人类的口唱出胜利之歌，就算他赢了；如果我找到他，也会通过人类之口唱出胜利之歌，我就赢了。”

“所以，你找我的目的，就是希望我拿了他的大红包，却唱出你点的歌?”

“于小姐真聪明!”驼子赞叹道，

“到我们的星球，你也是一等一的角色。”

于素兰心里骂道，少灌迷汤，嘴里依旧笑嘻嘻地说："到底给红包的是他，不是你，我凭什么要帮你？"

"哎呀，瞧瞧我这记性！"驼子从口袋里掏出个小黑匣，塞给于素兰，"不成敬意，希望笑纳，事成另有重谢。"

六、穿门而过，露一手

她打开小黑匣，钻石的光芒四射，叹道："你来我们地球不过二十一年，好事不学，坏事倒都学会了，好吧，你要我唱什么？他要点的歌，我不用猜也猜得到。"

"其实是同一首歌，你……改几句音符就行了，"驼子掏出一张褶皱的乐谱递给于素兰，"照这样唱，我就是赢家。说真的，于小姐，这二十年来我一直是你的忠实歌迷。如果我赢了，我想请你到我们的星球演唱，比你在红包场混日子强多了！"

驼子最后一句话深深刺伤了于素兰，但她装出没事一般，送驼子出门。说"送驼子出门"并不太正确，其实他是穿门而过。最后故意露这么一手，目的也是要于素兰相信他所言不虚吧。

第二天下午，居然有七成满。红包场老板见到于素兰，深鞠躬几乎成了磕头礼。众姊妹们看见于素兰则只有冷笑的份，她却根本不理会众人。轮到她出场，老板亲自为她拉开帘幕。于素兰一身银白旗袍，张开双臂，娇笑着走上水银灯照耀的舞台。她沐浴在强光里，在如雷的掌声中缓缓举起麦克风。

她唱了一曲又一曲，台下的掌声几乎没有中断过。自从倒嗓，于素兰从来没有唱得这么自如快意。白发苍苍的老人，一个个巍巍颤颤走到台前，献上他们的贡礼。有的拿着一扇二十来个红包，有的更直截了当双手捧上大把钞票。

自从驼侠出手，大家都知道一个红包不够看，那财力微薄的早就事先讲好凑份子，公推一人前来孝敬。于素兰把收到的红包和钞票顺手扔到台上用红缎带装饰的小筒里，小筒不久就满溢出来，这真是红包场前所未见的奇景。

乐队和演奏突然终止。台下也突然安静下来，于素兰知道驼侠来了。那人果然慢慢走到台前，双手递上一个红包袱解开包袱，把钞票倒在台上，观众鸦雀无声，驼侠站在那儿于素兰看清楚他的脸，不能不惊异他和昨晚出现的驼子出奇地相像。

“谢谢大哥的厚礼。您是否要点一首歌?”

驼侠点点头。

“你知道我要为你唱什么吗?”

驼侠又点点头。于素兰对乐队示意，那些人便都站了起来。她知道这是她最后一首歌，她一定要唱好。她开始时声音低沉，似乎有无限忧伤。然后她的声调变换了，她唱出另一个世界欢乐的海洋，深蓝背脊的海豚互相追逐嬉戏，七彩的海马直立游泳，金黄色肌肤的渔夫站在石崖上用鱼叉捕鱼。她唱出海面的白云飘到陆地，变成雨珠降落下来，滋润了田野和树林。她唱出树林长出甜甜的苹果，孩子吸着流出的白色浆汁。她唱出另一个世界过去年轻的岁月，竟忘了自己已经倒嗓，奋力唱出青春之歌。然后，她一切都明白了。

她明白自己其实来自另一个世界。她明白驼侠和昨天来拜访她的驼子，其实是同一个人。

他为找寻她来到这里，一切计谋无非要唤醒她沉睡的记忆。她才是他寻找多年的外星人，他真正迷失的伴侣。但是现在她一切都明白了。虽然另一个世界早已不存在，她仍然可以唱出他们年轻时代的欢愉，只有在她的歌声中，他们能重拾青春的记忆。他，一个驼子；她，一个年华老去的歌者——是最后的

外星人。

红包场那次空前绝后的演出，至今仍为人津津乐道。没有人知道歌后于素兰和驼侠去了哪里，那次演出后，两人就失去踪迹。有人说两人皆隐山林，也有人说于素兰到南洋跑码头，嫁给当地的一位侨领。若问红包场的老板，他会双手一摊，耸耸肩说："只有天晓得!"

[中国台湾] 张系国

陈伟中　插图

密友

这是一个21世纪的大城市。朦胧的远方隐隐约约露出高耸入云的大厦和高速公路，在远离城市的郊外，残留着一些早已被人们忘却了的简陋棚屋。在一幢小屋前，呆呆地坐着一个人。这是一个生了锈的机器人。有一天，从屋子后面走来一个少年流浪儿。这个衣衫破旧的少年，在屋子前突然站住了。“呀，是个机器人……”少年放下心来，走近机器人身边：“锈得多厉害!”他挨着机器人坐下问道：“你怎么啦，你的主

人在哪里?”

机器人慢慢地摇了摇头，各个关节都在咯咯作响。“怎么，你被遗弃了?”机器人点点头。

“我早就想要个机器人啦。可是我没有父母又没有家，哪里买得起机器人呢。我只能在梦中和机器人玩。你没有家的话，我们俩就一块儿过吧！我一个人太寂寞了，想有个伙伴。”机器人默默地点了点头。“这房子里住的谁?”机器人摇摇头。“那我们就住在这儿啦。”少年和机器人一起走进了小屋。一个没有家，没有朋友的孤儿，终于有了一个可谈话的人。

少年把机器人擦得干干净净，每个关节上都加上了油。

转眼间，机器人开口说话了。

“朋友，谢谢你。”

“呀，你会说话吗?”少年高兴得两眼闪闪发光。

两人亲密无间地生活在一起。每到傍晚，少年就给机器人讲童话故事。

“我多么想给你多讲几个故事啊……可是我只知道妈妈讲给我听的童话故事。”

“你妈妈呢?”

“我四岁时，妈妈死了。”少年含着眼泪说。“你不要伤心。”机器人抬起坚硬的大手，亲切地抱住了少年的肩膀。少年哇的一声哭了出来，扑到机器人的怀里。

机器人十分喜欢少年讲的童话故事，一有空，就央求少年给他讲故事。

“真是没办法。你个子虽大，可脾气还是孩子脾气。”

“我喜欢听童话故事。”

好吧，我给你讲。很久很久以前，有一个老爷爷和老奶奶……”机器人一声不响地听着少年讲故事。少年也好像是对真的人讲故事一样。

有一天，机器人又要听故事了。少年轻轻地回答说："我肚子饿了。你不吃东西可以活着，我可要吃东西啊。"

"那你吃呗。"

"不行啊，朋友，买吃的得有钱。"

"我给你拿钱来。"

"不，做这种事要给警察抓住的。我们有东西可以卖掉的吗？"

"卖东西？"

"嗯，比如铁块啦，金片等东西。"

"我去偷，你看怎么样？"

"不行，我跟你说这样不好。"

"我去把沉在海底的东西拿来。"机器人不等少年回答，格登格登走出了小屋。

少年不知道机器人是有义务帮助人的。

机器人走到海边，沉思着："我已经很旧了，如果海水从我手脚的关节部分渗进，身体内部可能要生锈。可是，即使我牺牲自己，也必须帮助朋友！"

机器人脑袋里的电子计算机在一秒钟时间里就把这个问题考虑完了。接着，它一步一步走进了海里。它不需要呼吸，很快就潜到了水底。

海底里沉着各种各样的东西。一会儿，机器人从海里走了出来，手里拿着一个古代的金壶。然后，机器人走到收购美术品的商店里，对店员说，这个金壶是它的主人叫它来卖掉的。卖掉了金壶，机器人上街买了许多吃的东西，它把所有的东西装在一只纸袋里，回到家中放在少年的面前。

“谢谢你，朋友。”少年说着狼吞虎咽地吃了起来。

“现在你可以给我讲故事了吧。”机器人焦急地说。

“好吧，不过讲故事以前我先要给你擦干身子，不然你要感冒的。”

“机器人是不会感冒的。”

少年不禁挠了挠头，“可是你会长锈的。”

“是啊，那就请你给我上油吧。”

少年高高兴兴地把机器人全身涂上了油。

每天晚上少年给机器人讲童话故事，然后他就躺在机器人怀里睡觉。

有一天少年问机器人：“朋友，你为什么喜欢听童话故事？”

机器人点了点头，说：“其实，我是……”它开始讲述自己的身世。原来，有个地方住着一对夫妇，他没有孩子，因此，他们就买了一个机器人，把它当自己的孩子来抚养。这对夫妇每天都给机器人讲童话故事。

日积月累，机器人学

会了许多东西，成了非常懂事的机器人。后来，那对夫妇老了，去世了，只剩下这个孤单单的机器人。

“所以，我听到你讲童话故事，就想起哺育我的父母。”

少年睁大眼睛问：“这么说，你也学习过啦，像到学校里去的孩子一样。”

“我学习过，还是一个优等生。”

“你能教我学习吗？”

“可以。”

“那你教我英语吧。”

“学习要循序渐进。先从 A、B、C 学起。好，现在我教你。A 这个字是这样写的……”机器人开始把自己的知识教给少年。机器人的电脑里装的知识可多了。

少年有了老师，可以和上学的孩子一样受教育了。少年进步很快，越来越聪明。少年长大成了青年，他俩用积蓄的钱盖了一幢房子，住在一起。

可是日子一长，机器人身体的各个部分开始松动了。

有一天机器人忧愁地对少年说：“朋友，给我讲童话故事吧。”

“你怎么啦，朋友。这么大的人还听童话？”

“朋友，我马上要死了……我们要永别了。”

青年大吃一惊，眼睛一动不动地盯着机器人。

“别说伤心话啦，机器人怎么会死呢？”

机器人摇摇头说：“机器人总有一天要坏掉的。朋友，我的遗嘱装在信封里……你不要悲伤。给我讲童话……我要听着童话死去。”

青年紧紧地抱住机器人，痛苦地说：“不，你别死，别留下我一个人！”

“快，朋友，时间不多了。”

青年一边哭一边讲童话：“很久很久以前，有一个老爷爷和老奶奶。老爷爷到山上去砍柴；老奶奶到河边去洗衣服……朋友！朋友！”等青年发现时，机器人已经不动了。他的耳朵贴在机器人胸上一听，原子能马达停止转动了

“不，你别死，你别死啊！”

青年哭得伤心极了，好像死了父母亲一般。整整一个晚上，青年一直抱着机器人。天渐渐亮

了，青年终于站了起来。他在桌子上找到了机器人写的遗嘱

——朋友，请你仔细地读一读这封信。你要按照图纸上画的顺序，把我的头部打开。我脑子里最重要的部分是分子结晶集成块。你把集成块取出，把外壳扔掉。然后你到出售机器人的商店去买一个百科辞典型机器人，外壳要跟我一样的。你跟店员说，把我的集成块同新的机器人的集成块连接起来。钱已放在信封里了。对不起，机器人偷偷地积攒钱是很不应该的。但是请你不要笑话我。请照我的遗嘱去做。

你忠实的朋友——

桌子上的信封里装着一大笔钱。青年呆呆地抓起信封坐在旁边。突然间他猛然醒悟过来："对呀！"他急忙拆开机器人的头部。又花了一个小时，从机器人的脑里取出一个小盒子。然后，他箭一般冲出了小屋。

青年来到机器人商店。只见许多各种类型的机器人都静静地站着，

其中有专做家务的佣人型”，干力气活的“重体力型”，与人游戏的“服务型”。

“你好。你要买机器人，还是想修理机器人？”

“我父亲叫我来这儿买个新机器人。”

“噢，你要哪一种？”

“呶，那边的一个。”

店员看了看青年指的机器人，笑着说：那是一种很老式的机器人了。但是它头脑里

的集成块可以任你挑选。”

“嗯，我要百科辞典型集成块。”

“你是想让它教你学习吧。”

“请你把这块集成块也给我接上。”青年拿出从机器人身上拆下来的集成块说。

“可以，但是加工费稍贵些，你愿意吗？”

“愿意。”说着青年就付了钱。

大概机器人计算过价钱了。青年身上带的钱和店员说的价钱正好是一样的。

“好吧，傍晚前我们给你加工好。谢谢你啦。”

青年回到家以后，为朋友挖了一个墓穴。他站在墓穴旁轻轻地说：“对不起。朋友，我会经常到你墓上来的。”太阳落山的时候，青年埋好了土，默默地站在机器人墓旁。

……不知站了多久，突然后面有人跟他讲话“给我讲童话故事吧，朋友。”

青年吓了一跳，回头看。一个和以前一模一样的机器人站在他身后。他一时以为自己在做梦。当他知道这就是他买的那个机器

人后，高兴得一句话也说不出来。青年跑上去抱住了机器人，机器人亲切地抚摸着青年人的背。

这个机器人的知识更加丰富。但是，他还是那个老脾气：一有空就要青年讲童话故事。两个人生活在一起十分愉快。青年对机器人说：“朋友我已经长大啦，和你一样大了。”

“是啊，我也很高兴。”

机器人充满感情地说："你结了婚，生了孩子……这孩子就是我的孙子啦。"

"你知道她?"青年红着脸说。

"知道。"

"可以把她带到家里来吗?"

"当然可以。这里是你的家嘛。我只是一个为你服务的佣人。"

青年摇了摇头，说："以后请你别这样说，我和你是亲兄弟啊。"

"你真是一个好人。你去把她叫来吧，我想见见她。"

"好吧，我这就去。"

机器人在家里等着青年回来。但是青年始终没有回来……

原来，青年在路上不幸被汽车撞倒，受了重伤。他被送进了医院。在昏迷中，青年不时地叫着机器人的名字。当机器人赶到医院时，青年的伤势已经十分严重了。他颤抖着双唇对机器人说："朋友，请你把我埋在我们第一次见面的小屋前。"他的声音十分微弱，只有机器人才听得出。这是他最后的一句话。

按照青年的遗嘱，机器人把他埋在小屋前。日子一天天过去了，路过小屋前的人总是看见机器人坐在小屋边，轻轻地说："我不会哭，但是我能发出哭的声音。朋友，你就当我在哭吧。"

冬去春来，年复一年；机器人还是坐在原来的地方，

发出哭泣的声音。渐渐地，机器人身上长出了锈，发声的部位也开始生锈了。有一天哭声终于停止了。现在，机器人唯能做的事就是一动不动地坐在小屋边。

[日本] 矢野 彻 原作

吴晓枫 改写

陈伟中 插图

可怕的外星人游戏

大地联邦政府收到N6C3Y星系的阿米尼亚行星当局太空电传，邀请巡回大使福克斯前去进行友好访问，谈判该行星与大地政府建立星际联邦事宜。科克船长奉命护送大使乘企业号巡航舰直飞阿米尼亚行星。

根据联邦政府事先侦察的资料，N6C3Y星系属宇宙高智能行星群域，那里不少行星都具有人类社会同样的文明，是科学极其发达的世界。阿米尼亚人早于人类发明了很先进的宇宙飞船，但他们的活动始终未超出N6C3Y星系。

科克船长指挥企业号飞抵阿米尼亚行星附近空域时，仍不见对方飞船前来护航引港，立即警觉起来。经过多次电询，才收到阿米尼亚最高当局答复：由于阿米尼亚与近邻行星间突然爆发核大战，原定友好访问无限期推迟，请福克斯大使谅解，并迅速撤离附近空域危险地带。企业

号请勿进港。

科克船长说明情况后，准备下令返航。但福克斯大使认为，附近空域毫无战争迹象，必须了解真相，不能就此返航。科克不得已，只好受命带领斯波克上尉的警戒组登上应急小型飞艇，冒险离舰，直飞阿米尼亚行星着陆。

阿米尼亚当局礼貌却十分冷淡地接待了科克船长一行五人。礼宾司官员向科克说明，首脑正在部署和指挥作战，请他们去参谋部会面。

阿米尼亚首脑阿纳萨文接见了科克，简短说明，他们的行星已处于战争状态，无法讨论与大地政府建立联邦的一切问题。

“我受大地政府和福克斯大使委托，向尊敬的阿米尼亚元首阿纳萨文阁下致意，并表明我们对彼此建立联邦，密切贸易往来的诚意。此次

来访，不远万里，跨越星系，并未见战争迹象。请坦诚说明推迟双方会谈的真实意图。”科克船长有礼貌却十分坚决地说。

阿纳萨文微皱眉头，略为沉吟，便起身按了一下宽大写字台上的按钮。对面墙上的帷幕自动拉开，露出一间布满电子计算机的暗室。暗室内的墙上有好几个巨型荧光屏，从各个角度显示出阿米尼亚领土领空的各种图象。这时突然响起一阵接一阵的空袭警报声。

阿纳萨文和他的助手们在电子计算机前坐下，紧张地按动一排排的电钮，开始指挥战斗，似乎已把科克船长一行抛到脑后，不予理会了。

科克船长凝视着彩色屏幕，只见曳光轨迹层出不穷，不时闪现出火红色爆点。这有点儿类似地球人小孩玩耍的电子游戏机，只是规模特大而已。他既看不懂，也听不到爆

炸声。但是阿纳萨文和他的助手却神情十分紧张。

科克刚要张口发话询问，阿纳萨文的一名助手突然大声惊呼起来。只见彩色屏幕上升起一团火焰般巨大爆点，转眼间由亮转暗，一闪一闪，最后变成一片黑斑。接着左面一座屏幕光线熄灭，室内电子计算机闪出一系列数据。只见阿纳萨文满脸颓唐之色，沮丧地挥了挥手，一名助手脸色灰白地走了出去。

原来，刚才的一次战役已经结束，阿米尼亚行星上的一座重要工业城市已被一颗核聚变导弹直接命中。据计算机测算，已有50万人丧生。

“这是我们之间的约定，”阿纳萨文向科克船长解释说，“我们跟邻星的冲突非止一日，在五百余年间，前期彼此轰击已造成重大破坏；每

次战争带来的只有死亡和科学文明的倒退，而每次重建文明的代价也越来越重。为此双方在大星系帝国监督下立约，保证按条约只进行模拟大战。”

“我们没有发现核辐射，也感觉不到爆炸应引起的连锁反应啊！”科克提出了疑问。

“这次战役由双方电脑按实战模拟。我方工业中心已被命中，这说明一次战役结束。我们只好暂停，由一名助手前去按约迎接对方监察员，前来处置一切。”

原来，阿米尼亚所属星系为避免各行星间因战争冲突而彻底毁灭整个星系的科学文明，才想出这种电子模拟核战争的做法。每次失败一方，必须按约将被击中的伤亡人员集中，在敌方监察员监督下，送往尸体分解炉，予以消灭。按他们的说法，这也是解决人口过剩的一种办法。军费的赔偿反而是次要项目。如果一方违约，即将遭到全星系真正

核炸弹的联合攻击。

“我们也感到有些荒谬，”阿纳萨文垂头丧气地说，“却无可奈何。不幸的是，你们的企业号巡航舰也被命中；你们的全体乘员都得连同飞船一起接受监督，予以销毁。”

科克起初只感到阿米尼亚星的愚蠢做法幼稚可笑，听到这里惊得目瞪口呆，吓得一句话也说不出来了。

过了一会儿，科克冷静下来，伪称需要返回企业号安排一切，表示就此告辞。

“嘿，船长先生，不必返回企业号了。我们已为你准备好通信设备，只需用我们的通信系统即可与福克斯大使阁下通话。”阿纳萨文的助手

插话说。显然，科克一行已被软禁，失去了行动自由。

“十分抱歉，你们的应急小艇已在监管之下，不得再行启动。这是星系条约规定的；一切战争期间的闯入者，无论人还是飞船，一律严加管制。”

科克和斯波克无可奈何，在阿纳萨文监督下在他们的参谋部与企业号通了话。这才得知，企业号在科克和斯波克离舰后也感到出现了一股强磁场引力，似乎已受牵制，却又不敢贸然采取反措施。

果然不出所料，通话后，科克、斯波克一行五人立即被送往参谋部外的一间密室，禁闭起来。科克已从福克斯通话中得知，企业号已接到警告，如果他们胆敢采取敌对行动，科克等五人立即被处死，然后全星系将把企业号视为敌方。科克只好静观其变，等候夜深人静，另行设法脱身。

幸亏，阿纳萨文并未下令收缴科克等人的随身武器和装备。也许是阿米尼亚人疏于防范，也许是他们认为科克势单力薄，又没有了应急小艇，成不了气候，无关大局。这恰好给科克和斯波克逃亡创造了条件。

夜深人静后，科克通过微型强力对讲器同企业号副船长米勒中校以密码暗语通了话，要他瞒住福克斯大使，暗中做好战斗准备。科克将自行设法脱身，在米勒放出小型快速攻击飞船分队时，里应外合，配合战斗。

阿米尼亚人生性爽直，以为科克顺从了软禁，等候福克斯率领企业号次日登陆接受处理，未曾增派岗哨。科克等五人轻而易举地以激光麻醉枪击倒了双层岗哨十余人，并摸黑潜入参谋部，暗中切断了通讯系统；同时由斯波克率三名警戒组成员，将航空港指挥塔捣毁。这时，米勒派出的三艘小型快速攻击飞船也已飞临阿米尼亚星三处航空港上空，以迅雷不及掩耳的战术，以激光炮一举击毁了阿米尼亚人的大部分飞船。

由于阿米尼亚人已有数百年未经实战考验，只熟悉电子模拟战争，

对突然而来的实战缺乏紧急应变能力。地球人的突然袭击，使得具有高科技文明的阿米尼亚人措手不及。等到他们醒悟过来时，科克等人已乘上应急小艇，与米勒派出的攻击飞船会合，返回企业号母舰了。

企业号早已做好逃离准备，立即启动反引力装置，同时发射强大干扰束，抵御阿米尼亚星地面武器的猛攻。企业号在逃亡中部分被激光武器击中，受了伤，但一阵颤动后，便以超光速跃离阿米尼亚星系，朝银河系方位疾驶。科克策划周密，事先破坏了阿米尼亚人的通信系统，使他们无法向全星系发出警报，米勒派出的攻击型飞船，奇袭航空港，造成暂时瘫痪，避免了企业号遭受追击的危险，终于顺利返航。

然而，从此种下了祸根。阿米尼亚人认为地球人背信弃义，非但从此断交，彼此组成联邦的希望破灭，而且引发了连续几百年的两星系的大战。地球文明曾一度倒退，大部分地区成为一片废墟。福克斯大使的一念之差，造成了人类几场大灾难。企业号和它的船长以及福克斯早已不在人间，历史却留下了抹不掉的痕迹。

［美国］杰·威廉士　原作

张培础　插图

晓军　陈莹　改写

喜马拉雅横断龙

在西藏东南部靠近云南省的地方，有一个名叫嘎拉木普格的村庄。这里位于喜马拉雅山的南麓，气候温暖潮湿，树木葱郁，风景非常优美，具有典型的亚热带景观，被称为“西藏的西双版纳”。

有一支综合考察队来到了这里进行科学考察。队里有著名的考古学家夏康教授和他的学生王田，还有一位摄影师高风和一位身兼医生、向导和翻译的藏族姑娘卓玛，她的老阿爸就是这里的护林员。

一天，考察队在浓密的原始热带雨林中发现了一个山洞，在干燥的洞底，堆积着厚达数米的文化层，说明我们的祖先曾在这里居住过，在经过一段时间挖掘后发现了一批富有藏族特色的文物。但最令人感到奇异的是，在其中的一只陶罐中，竟然发现了一椭圆形的大蛋。这是一只恐龙蛋。在这只陶罐的下面有一层灰烬，看来，当年的陶罐主人想将这

只蛋烧熟了吃的，但不知什么原因丢下了。在这批文物的中间，还发现了一只用土红色的泥块烧制成的动物雕塑，它小小的头高昂着，拖着一条长长的尾巴，外形非常像一只恐龙。

接着，考察队又在附近的一座建造于十世纪的藏族王宫的遗址上，发现了一幅众猎人围猎一只庞大的恐龙的壁画。夏康教授仔细研究了那只恐龙蛋，用科学的方法测定它的绝对年龄还不到一千年。从地质学的观点来看，它可以说是非常“新鲜”的，因为它还没有完全变成化石。也就是说，至少在一千年前，在西藏还生存着恐龙！

还有那只形态逼真的恐龙雕塑和壁画也说明了它们曾经和一千多年前的人类共同生活过！

这可是一个大胆而惊人的发现，因为众所周知，地球上的恐龙早在七千万年前就已经完全灭绝了。

眼前的这些实物使夏康教授想起了发生在世界上其他地方的一些类似的事情来：有一种拉蒂迈鱼，和恐龙一样早就从地球上灭绝了；可是，1938 年居然有人在非洲海岸边捕获到一条活着的拉蒂迈鱼！这足以使古生物学家们大大地吃了一惊。这以后，人们又陆续捕到了 80 条之多，还有就是在英国

的尼斯湖，一直流传着湖里生存着一种怪兽的传说。100 多年来，一直不断有人在湖中发现这种怪兽的身影，它的形象很像古代的一种早已灭绝了的恐龙——蛇颈龙，人们千方百计地追捕它，它的存在成了古生物学上的一个不解之谜。

恐龙蛋、恐龙陶俑和恐龙壁画的存在，难道是偶然的吗？这些恐龙是仅仅存在于往日呢？还是至今尚存？它们的栖身之地又在何处？这样的一些问题，使夏康教授一直沉浸在紧张的思索之中，也促使他们决心揭开蕴藏在这一片原始森林里的亘古之谜。

一天晚上，他们和往常一样，很晚才回到宿营地，大家围坐在篝火旁，整理标本和笔记。这时，卓玛的老阿爸来了，他说：“林中来了百灵，空中全是歌声；山里来了客人，处处都有亲人。听卓玛说，你们是来找龙的？”

老人显然分不清神话中的龙和恐龙的区别。夏康教授拿出几种恐龙的复原图来，尽可能形象而详尽地向他作解释。岂知，老人指着画着恐龙的图说："这就是恐龙？我倒是见过它！"

夏康教授大吃一惊，忙问道："您见过？"

老阿爸点点头说："我家里就有这样的画，这是四十年前的一个人画的，他说在这一带见过这种龙。"

原先，这一带地旷人稀，毒蛇猛兽出没，又有瘴气，是昔日的奴隶主流放奴隶的地方，老阿爸就在林子边上居住，靠打点猎物、种点青稞糊口。四十年前的一

天，老阿爸家住进了一位汉人，瘦瘦的个儿，背着个大背包，说是进山找石头的，要求在老阿爸家里借住。这人是内地昆明大学的一位地质教师。他住下后，总是早出晚归，每天都背回来一袋袋的石头，在火光下又写又敲，高兴时还哼上几句京剧。

有一天，这人外出三天还没有回来。老阿爸不放心，背上猎枪上山去找了好久，才在山崖下找到了他。原来他不小心从山崖上摔下来，已昏迷不醒了，血从身上沁出来，染红了枯草。老阿爸急忙将他背回家中进行护理。可惜他因伤势太重，第二天就死了。临死前，他交给老阿爸一个本子，请他保管好。就在这个本子上，密密麻麻地写满了考察日记，还画着一幅恐龙的画。

夏康和王田高兴极了，连夜和老阿爸进山回家，取出了他珍藏四十年的这

本笔记。那是一个地质工作者的手记，里面确实画着一条恐龙，旁边还写着这种庞大的生物是在魔鬼湖里发现的。看着这位地质学前辈的最后日记，夏康等人不禁肃然起敬。

在那位地质学家留下的背包里还发现了几块恐龙骨骼。这是真正的骨骼，而不是化石。这一下就将恐龙存在的年限推进到四十年前，这确实令人兴奋不已。可是，这一带的原始森林莽莽苍苍，人迹罕至，有很多地方连老阿爸也不知道：那个神秘的

魔鬼湖，你究竟在哪里呢？

一天，夏康和王田在研究考察方案，突见卓玛匆匆冲进帐篷，喊道："不好了，老高不见了！"早上，卓玛和高风一起出去拍摄资料的，岂知在追拍一只模样奇特的鸟时，老高突然在林子里不见了，她到处寻找不到，便只好回来求援。大家一听，都发了急，立即全体出动连夜去寻找。

夏康教授被强留在帐篷里看家，却是心急如焚。一直到第二天中午时分，才从无线电话里传来了已找到高风的好消息，老高激动地喊着说："夏老，魔鬼湖被我找到了，我还拍到了一张活恐龙的照片！"

遍体都是伤痕的老高被队员们架着回来了，他带回了一张彩色照片。虽然有些模糊，但夏老和王田还是能够确切无误地辨认得出，那是一条生活在一亿多年前的蛇颈龙的后代。

原来，昨天老高和卓玛在追那只鸟时，不慎一脚踩空，失足掉进了一个朝天的洞穴里。等他醒来后，只见

四周一片漆黑，耳边则听到一片潺潺的流水声。幸亏身下有一层厚厚的腐草败叶，才没有伤着身体。高风检查了一下照相机，发现它完好无缺；他按动了闪光灯，发现这里是一个石灰石的岩溶洞窟，里面石柱、石笋林立，石钟乳倒悬，千奇百怪。他在阴河里洗了个脸，觉得有微风习习吹来，不禁一喜：有风，就意味着洞穴是通的。他迎着风向摸索走去，慢慢地，一股新鲜空气扑面而来，上面也射进了阳光。可他并没有走出洞口，而是来到了一个更大的洞里，刚才的那个洞只是它的套洞而已。

这个大洞十分离奇，整个洞底积满了水，是一个深不可测的渊潭，面积相当大。在洞的上方则开有一扇“天窗”，布满了各种蔓萝和藤葛，显得非常神秘而恐怖。老高正在观察，突然发现潭底起了漩涡，整个水面就像沸腾的开水，接着，在漩涡的中心，出现了一个黑乎乎的怪物，

就像一根黑色的柱子，它大约有四米长，正在水中嬉戏着。

高风先是怔住了，但猛地就醒悟过来，赶紧举起照相机，来不及仔细测距就揿动快门，将它拍了下来。以后，他跌跌撞撞地一路摸索，也不知跌了多少跟头才寻找到洞口回来。

夏康和王田仔细审视着高风带回来的那幅照片：它是灰黑色的，有一条很长的颈脖，还拖着一个庞大的躯体和长长的尾巴，有四肢，皮肤上满是皱纹，从这些特征来看，确像是生活在一亿年前的蛇颈龙。

大家情绪万分激动，经过一番认真的准备后，第二天就在高风的带领下，

来到了他脱险的那个洞口。王田高举闪光灯在前面引路，大家绕过林立的石柱后，终于来到了那个深潭边。可是，除了哗哗的瀑布声之外，整个深潭的水面十分平静，很难令人相信这里有什么怪物存在。大家矗立等候了一会儿，又用仪器进行了测量，不见动静，就决定踏勘一下周围的地形。

在绕潭走了一圈之后，发现潭边还有一个出口，大量的水就是从这个地下暗河流了出去。

王田分析道，这个地下深潭并不大，那条庞大的动物不可能在此长期生存，它一定还有栖息之地，那条地下暗河可能就是它来去的通道。大家认为此说法是有道理的，决定不再久留此地，应到别处去寻找那个怪物的踪迹。

为了争取时间，王田敏捷地攀附着从洞口垂下的藤葛，矫健地爬上了“天窗”。接着，大家抓住了他丢下来的尼龙绳，也相继爬上了洞顶。站在“天窗”口一看，大家惊奇地发现，他们原来是站在一个小

岛上，四周全是浩瀚的湖水，而脚下的那个深潭，只不过是岛中之湖罢了。

可是，这一大一小两个湖，究竟哪一个才算是地质学家所说的“魔鬼湖”呢？有人在一处悬崖下发现了那条地下暗河的出口，在它的附近，还留有几个巨大的三趾足印，这显然是那个湖中的怪物留下的了。

看到这又一个证明，大家恨不得立即就将“魔鬼湖”的秘密揭开，可是天色已晚，周围又无人烟，不得不怀着恋恋不舍的心情，乘着扎

好的简易木排离开这里。

临上岸前，夏康教授再次回首注视湖面。突然，他发现在那波光粼粼的湖面上竟然有两只庞然大物正在追逐嬉戏，它们的形状和高风拍摄的照片上一模一样，足足有十几米长！竟和生活在白垩纪的蛇颈龙很相像。

“魔鬼湖”之谜终于真相大白了！这里就是恐龙后裔们的伊甸园，他们的存在为古生物增添了极其珍贵的一页。

经过一段时间的考察，终于弄清了这些恐龙后裔们的生活规律，并且在湖边建立了世界上唯一的史前动物保护区，世界各国的科学家们也纷纷来到这里进行研究。

为了纪念它们的最初发现者，在保护区内为那位地质学家塑造了一尊铜像，他所发现的那种恐龙，也被命名为“喜马拉雅横断龙”。

［中国］王　川

朱双海　插图

光速电运的秘密

一、秘密工厂

伦敦伯特曼大街上有一家不起眼的小工厂。厂门前别说从未停过轿车、货车，就连一辆自行车也没有停过。这工厂到底经营哪种业务？谁也猜不透。

奇怪的是，你在别的工厂外边可以毫无顾忌地停留，决不会有谁找你的麻烦；要是你对这家挂牌为“运输营业所”的小厂瞟上几眼，并在它门前闲逛一会儿，就会有警察来请你离开。还有怪事，就是这家小厂从不见有什么工人进出，可厂里却传出阵阵机器轰鸣声。夜里，厂里尽管无人无

光，厂外总有警察值勤，一阵阵响声有时仍旧清晰可闻。

厂背后有一条小街，街上有一爿鞋店。也很奇怪，鞋店铺面狭小，装修简陋，甚至门窗上油漆剥落，积满灰尘。跟街前小厂一样，几乎从不开门营业，而且也不知业主是什么人。

一天，《伦敦星报》记者萨姆看到莱斯利勋爵走进了那爿鞋店，大为惊奇。莱斯利是火箭专家，受政府委托，负责建造新型火箭的计划。这么一位政府要员，怎么会走进鞋店？萨姆立即报告了上级记者格兰特。

这惊人的消息引起了格兰

特的重视。他和萨姆一起，立即守候在鞋店附近。过了片刻，他们见到有三个人从鞋店里走了出来。格兰特一时惊得目瞪口呆。原来这三人是莱斯利勋爵、惠勒爵士和医学博士霍尔，全是闻名全国的政府要员。这三巨头为什么同时到这鬼地方来？其中必有大新闻可捞！

格兰特等人走后，便和萨姆悄悄绕到鞋店后面小街的木栅前。只见粗大的木栅上有一排铁蒺藜网。这难不倒两个急于发现大新闻的记者。两人先后翻进了鞋店后院，顺利地走进了一扇虚掩着的房门。两人眼前出现一条又长又暗的过道。

两人顾不上“私闯民宅”的禁令，被好奇心和抢新闻的动机所驱使，沿着过道走了下去。过道里的地板在尽头处突然逐级下降，然后在转角处变为石阶，转向上升。又走了一段过道之后，两人隐约听到一阵隆隆的马达声。原来，鞋店与神秘小厂是相通的。

二、惊人的实验

两位记者激动万分，决心要把这个秘密探个究竟，便大胆地隐蔽在小厂车间的一扇绿门外偷看。

车间里大部分空荡荡，四壁却挂满仪表和操纵盘。一张操纵台附近有台大型发电机，正有节奏地发出轰鸣声；

地上四散着粗细不等的各类电缆；车间中央有一组从未见过的电器装置，尽头处一盏盏色彩各异的灯光在不断闪亮。车间窗户全部密封，不见一点儿阳光。车间里有两个人背向绿门坐着；另一人正欠身对着他们，手指指着一张图表，不停地说着什么。

过了片刻，一个人站起身来，走向车间明亮处。这时两人立刻认出那便是莱斯利勋爵。只见他拿过图纸，戴上眼镜，转身打开一盏电灯。灯光下，现出一张转台，台上

铺着绿布；转台底部有不少电线和一只乌黑的大铁箱相联。转台上方两英尺处，有一只大圆罩，用一条粗大的铁链吊在一根横梁上。圆罩上方又有一只大铁箱，箱上也有不少电线与其他仪器装置相联。

两位记者目光转向勋爵，只见他摘下眼镜，放在一张转台上，笑嘻嘻地朝另两人点头示意。一个瘦高个儿的人开亮了电灯，只见靠墙处也有一张转台和一只圆罩。两张转台相距 10 码左右。两人正在纳闷，突见靠墙电钮板上亮起一片绿光，嗡嗡的噪音立即增强，很快变成一种十分刺耳的怪声。随后，“砰”地一声爆响，与此同时第一张转台上的圆罩里射出一道眩目的白光。眨眼间，转台上的眼镜已经不翼而飞！

两人眨了眨眼，看到莱斯利勋爵走到第二张转台，捡起自己的眼镜，笑呵呵地开了腔：“行啦，我看仪器运转正常，成功了！”不过他坚持要再试验一次。

一二分钟后，那瘦长身材的人拎着一只铁丝笼子走了回来。他从笼内抓出一只白鼠，放在第一张转台上。盖好圆罩后，径自到莱斯利那儿观看试验过程去了。

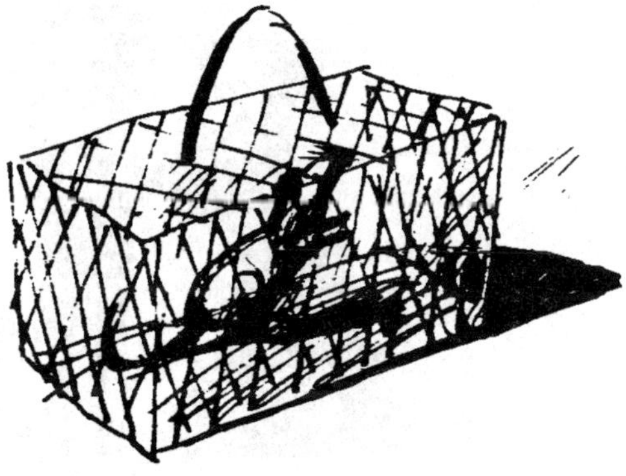

果然，一切操作重复了一遍，小白鼠也自动转送到第二张转台上，而且依旧灵活地四处奔嗅！这般情景，

惊得两位记者只有面面相觑，一时说不出话来。

车间里的三个人似乎十分高兴，但他们关掉仪器开关，边说边朝那绿门走来。躲在门后偷看的两位记者心慌意乱，赶紧掀开面前一只大包装箱的盖子，两人马上钻进木箱，隐蔽起来。过了一会儿，他们听到有人关掉了吊灯，接着过道里传来一阵逐渐走远的脚步声，然后是“砰”的一声，显然是过道尽头通后院的门被关死了。

又过了一会儿，两人确信已无人声，便溜出木箱，摸黑从过道绕到小工厂，撬开临街的百叶窗，躲过巡逻的警察，从窗户里跳了出去。

当天晚上，格兰特向莱斯利勋爵私邸挂了电话，把在秘密工厂所见所闻告诉了他，并以记者身份询问勋爵下一步将做什么试验。对方没有作答便放下了听筒。

两小时后，一辆警车把两名得意忘形的记者带到了勋爵私邸。

一进门，三双怒目直逼他俩。

“你们知道的太多了！你们看到不该知道的东西。偷看国家机密是犯法的。不过事已到此，我们只得让你们参与这项秘密。这是一项绝密试验，成功后自然有时机发表，你们到时会有文章可写的。但是，现在不许见报，格兰特先生，一点儿消息也不准透露！否则你们俩就得马上坐牢！”

三、参与机密

接着，莱斯利简单说明了这项绝密试验的重要意义和外国谍报机关正在刺探他们的工作情况。惠勒爵士说：“格兰特先生，你听着，这可不是闹着玩的。这是史无前例的大事。从现在起按我的指示工作……你们报社那边，我们自会安排。对外界，你们仍是本行；对内，你们从现在起就为政府整理有关资料，一切奉命行事。明白吗？”

两人喜出望外，自然俯首听命。原子科学家惠勒爵士向他们大致解释了这项“光速电运”新发明的原委，主要说明根据原子结构和信息流原理，现在已经能把一样物体放在超强功率的扫描装置下，把它分解成一股原子流，并照原样将物体还原，其过程只是眨眼工夫。

“啊，我开始有些明白了，”萨姆惊叹道，“先是用眼镜，然后用白鼠！你们就这样把他们从一只转台送到另一只转台上！”

“不错，”霍尔医学博士说，“那是一次科学实验……现在我们又能把一个活人从一个地方传送到另一个地方啦！”

“昨天，我们就曾把医生作为实验对象，从这里送到了法国巴黎，费时不到几秒钟。”

“真的吗？真了不起！”两人几乎同时喊了出来。“将来遨游各国可就太便当啦！”萨姆接着说。

然而，不等他俩的兴奋和激动过去，莱斯利勋

爵便严肃地提醒道："传送器的事，不准有半点走漏。你们还不了解它的全部意义呢！如果我们把传送器和接收装置遍布全球，那就会出现一次巨大的变革。那时就不需要铁路，用不着火车，轮船、飞机也大可节省啦！不要卡车，甚至用不着高速公路！整个世界将大大改观！"

"简直难以想象，"格兰特说，"这真是特大新闻。先生，连给外界一点儿暗示也不准吗？"

"绝对不准！"莱斯利摇摇头，"这项发明还另有用处。人们还可利用它来运送军队、装备和原子弹！可以用来安插或撤退谍报人员，易如眨眼。这就是为什么外国谍报机构始终到处窥测的原因。我们绝不能在试验过程中就给敌人窃取

秘密的机会！谁想独霸世界，这项发明就会被利用来做坏事，”他越说语气就越严肃。“现在我们只在友好国家设置了一百余处试验站。一切仍处于实验阶段。”

从此，萨姆和格兰特肩负起国家重大机密，守口如瓶。表面上两人仍旧干着记者的老本行。

一个星期以后，他们在一家咖啡馆用餐。咖啡馆一角坐着一个小个儿男子，手拿报纸，似在阅读。萨姆突然认出那家伙，昨天在另一家餐馆也是这样，似乎在盯梢。

四、间谍出动

老是跟着萨姆和格兰特的小个儿男子伊万，是N国设在英国间谍网里的小特务，归新任驻英间谍首席长官费罗领导。他的据点设在东区的一爿小书店里。

费罗手下的谍报员早已奉命监视莱斯利勋爵及与他有过接触的人。费罗一直想探明一个火箭专家、国家军事科研机构的要员为什么时常走访鞋店？两名记者又是什么角色。所以，不管萨姆和格兰特走到哪里，那个陌生人总是暗中盯梢。一天，格兰特拐进一条小街，同时暗嘱萨姆向莱斯利办公室报警。

当小特务来到转角处，格兰特跨出一步，猛地将他擒住。“喂，你搞什么鬼？跟来干吗？”

小特务冷不防一失手将一本书跌落在地，两镑纸币、一支钢笔和一张纸散落出来。格兰特和萨姆将他扭送警察局。搜查审讯时才发现那钢笔下半截没有笔尖，却有一根又细又尖的注射针。经化验证实系毒针。

萨姆细心检查了那本书和那张纸。但见上面写着：

TG/SW：轿车：

下午 7：30 停靠大街

同上，下午 8：00 停

“LS”供 TG 用，带

两人去 R，电告商店。

这显然是暗语。经专业部门破译，了解了大意。

萨姆住南大街，格兰特 8 点在报社，LS 即指《伦敦星报》。两人将被绑架。R 指什么？

待查。

莱斯利把纸条和人交给了伦敦警察厅处理，并把两名记者介绍给探长马罗礼协同工作。马罗礼是反间谍专家，曾破获过N国一个间谍网。他立即派人作了必要的布置。一方面审讯小特务，一方面伏击等在南大街和星报车里的人。

话分两头。费罗派遣G7号跟踪两名记者的同时，还派遣G2女谍报员暗中监视鞋店动静。一天，她计算出进入鞋店的有33人，出来的却只有24人，少了9位。根据G2报告，该店最近常有类似情况。于是他特派干将彼洛与G2协调工作，并命令道："如有机会，混进内部，看个究竟。"谁知，一个星期后彼洛才从美国返回报告。

原来，彼洛和G2混进鞋店，乘G2与店员索看鞋子时，悄悄跟在一个闪入侧门的男子后边，进了过道。然后进了两名记者曾经见过的那间车间。彼洛模仿着前面

九人的样子，跨进大铁橱，本以为有什么秘密，谁知竟听得头上嗡嗡有声，突然浑身失控，受了一股寒气，刹那间似乎失去知觉，但转眼橱门洞开，被人拉了出来。他竟糊里糊涂被送到了美国。

费罗将信将疑地沉思很久。然后立即起身拿起无线电话说了许多连彼洛也不太明白的暗语。最后，他告诉彼洛，一切照 2 号方案行事，他的书店立即打烊，他将到朗德希尔斯去。

五、追 踪

与此同时，马罗礼探长又通过银行系统查明，小特务书中夹带的纸片和现钞等，均来自小书店老板费罗。费罗家住“朗德希尔斯”。那儿正与莱斯利私邸在同一条街上，相距很近。

马罗礼凭着反间谍工作的敏感，立即奔赴勋爵私邸，加强警戒。然而，已经晚了。马罗礼赶到时，已是深夜 11 时，只见预警荧光屏上微呈亮光，警报器嗡嗡有声，谅必已有人穿越玫瑰

园。私邸中的警卫正乱作一团。果然，莱斯利双眉紧锁，回答说："不仅绝密火箭发射计划资料失窃，光速电运实验资料也不见了。"

马罗礼这时心中明白，各方面线索都集中起来了。他立即调了一部警车，拉上萨姆和格兰特，命令七名警察一起急驶朗德希尔斯。

他们驶抵朗德希尔斯后，立即悄悄把整座宅院包围了起来。马罗礼探长带上两名警察和两名记者绕到后门。他挥拳猛击门板，没多久，有人开亮了过道顶灯。开门处，只见费罗手握短枪，指扣扳机。

"我们是警察，"马罗礼气冲冲地喝道，"放下武器！"他不容对方回

答，一步插进房门，利索地缴了费罗的枪。马罗礼向费罗宣读了搜查令，立即指挥手下进行搜查。费罗耸耸双肩，一言不发地坐在沙发上。

萨姆负责搜查底层，无意中走进厨房，不慎碰落了几把调羹。他弯下身去拾找，顿感一阵冷风从两扇矮移门缝隙中吹来。他感到诧异，便拉开移门，见到肥皂粉后面竟有一条暗道通往下边。他爬了进去，跳到下边，沿墙走过一个转弯，瞥见一间地下室。地下室中央有张条桌，上面有台收发报机，旁边亮着一盏小灯。只见收发报机旁排着几张地形图。萨姆一眼看去，便发现小工厂那方位划了一个黑圈；还有一张莱斯利宅院的平面图，

标有房间、各室位置，注明报警系统，还有一间标有“保险柜”字样。萨姆被这重大发现所激动，全神贯注在图上。没料到暗道门后藏着彼洛。这时彼洛紧握左轮枪，猛地把萨姆击昏，反剪了他的双臂，用胶布封住了他的嘴巴。然后掩好暗道移门，等候费罗送走警察回来处理。

马罗礼和警察们搜了一夜，一无所获，却不见了萨姆。探长明知必有蹊跷，但无证据，暗暗把这宅院监视起来。

费罗狡猾地目送马罗礼一行离开宅院，不动声色地关好门窗，锁好房门，进入地下室。

六、谍报站的覆灭

费罗走向条桌，拉开抽斗，拿出一卷文件交给彼洛。

“这里已不安全，必须马上把资料摄成微型胶卷。”

彼洛乐得咧开嘴，“那么您终于搞到啦!”

费罗点点头。“到手了。G3 号化装成邮递员，潜入莱斯利的顶楼，按图找到密室中的保险

柜。一切都是按计划进行，总算顺利，不过他们似乎已嗅出什么。”说着他瞪了萨姆一眼。

一个头戴邮递员帽的特务问道“怎么处置这小子？”费罗冷笑一声说，“G3，别忙，我会好好照料他的。马罗礼肯定仍指望我取了文件逃走。所以，我驾车离去后，他必定跟踪，伺机搜查。注意，你们在我离开后一刻钟，把微型胶卷藏在邮车备用内胎里，再驱车直奔南伦敦集合点，地址彼洛知道。”

两名特务点点头。费罗便走向萨姆：“委屈你了，小伙子。我们离开之前，送你一颗定时炸弹，请你随屋飞升啦。实在抱歉，我不能让你跑掉。”说完，命令彼洛等人对表，然后打开收发报机的小风门片，拨动机子里的计秒器，把时针拨到三点整。干完了就走进了暗道。

萨姆耳闻“嗒嗒”声，目睹彼洛点燃一支雪茄，其余两名特务各自瞧着手表。时间一分一秒地消逝。最后彼洛又检查了绑扎萨姆的绳结是否松脱，接着扔掉雪茄，带领特务离开了地下室。

“嗒、嗒、嗒……”定时炸弹计时器的响声叩动着萨姆

的鼓膜。萨姆不禁惊慌起来。然而他思想上仍很冷静。突然，在情急中瞥见彼洛扔下的雪茄仍在冒着一缕缕青烟。

萨姆在绝望中兴奋起来，立即挣扎着滚向雪茄，把被绑的手腕紧贴在烟蒂上……突然，一阵灼痛，绳子烧着了。他感到了一阵阵撕心裂肺般的疼痛，但始终咬紧牙关忍着，等待着。

一阵剧烈的灼痛使他浑身战栗。后来，他感到绳结有些宽松，使劲一拉，便解散开了。双手一解脱，他便撕去嘴上的胶布，立即蹒跚地走向发报机，指望弄开风门。可是费罗已把计时器锁住。

真不知离爆炸时间有多近！他急忙弯进暗道，奔上阶梯，拉开移门，挣扎出去。

萨姆一出移门口，便被两只粗壮的手臂抱住，拉了出去。是格兰特在特务们走后进来找他的。

“快逃，这里马上就要爆炸！”

几分钟后，两人刚走上路边警车，费罗宅院里已是爆炸连声，火光四起。朗德希尔斯一片火海。

七、尾　声

费罗被捕后，先被带到莱斯利宅邸，一进屋，他便看到彼洛和G3、G4谍报员全都带着手铐由宅邸卫队和警察看押着。

马罗礼探长、格兰特和萨姆走了进来，又过了一会儿，莱斯利勋爵在一名卫队护卫下也出现了。

“你绝没料到吧，我们撤离时就料定萨姆被关在室内，也识破了你的奸计。”格兰特冲着费罗说道。

“所以，我们派了几组人，分别盯住了你们。你的G2已在警察厅，结案时你会见到她的。”马罗礼讥讽地补充说。

这时萨姆向莱斯利勋爵说明了失窃文件的匿藏点以及微型胶卷的情况，并指认了彼洛便是秘密工厂里第十个被误送者。

“好了，”莱斯利说，“看来，一切转危为安。祝贺你，马罗礼先生，你将为此得到一枚荣誉勋章。至于你，”他转向费罗，“你的表演已经结束，看来要好几年后你的国家才能再见到你啦!”

费罗无话可说，低垂着头，随着他的手下分别被押上了几辆警车，驶入茫茫的黑夜。

[英国] 乔　克　原作

陈　隽　程敏芳　改写

陆根法　插图

神 桥

事情就发生在我的家乡。

我的家乡跟别的地方不同，除了山还是山，并且都是陡峭的高山。这还不算，在两座山之间，根本没有路可通；山谷里是汹涌奔腾的急流，没有哪一条船可以从这么湍急的水流中横渡过去。我有一个邻居，他的一个亲戚住在河对面，他们两家的房子，正好隔河遥遥相望，互相能看得见，照理他们可以

常常来往串亲戚，可并不是这样，难得很哩！一次，亲戚家有喜事，我的邻居当然得去贺喜，他从家里出发，在路上绕了个好远好远的大弯，足足走了七天才到亲戚家。喜事早在三天前办过了。这正是：过河难于上青天！

不过，也有好汉制服这个难关。我的家乡是在国境线附近，那里住着我们的边防军。几年前，边防军在两座山之间建起了一座水泥大桥。这一来，交通就十分方便了，我那家邻居跟他亲戚的那股欢喜劲儿可不用说了，大桥建成的那天，他们两家在桥上走过来走过去，走了二十多次。当然，建立那座大桥，可不是件容易的事儿，不说别的，时间就花了三年零三十三天呢！

今年春天，发生了件意外的事：大桥突然炸了。有高度警惕性的边防军，马上想到是不是给潜伏敌人用炸药炸掉的：大桥处在国境线旁边，又是为国防需要建造的，很可能是敌人破坏的。但是日夜守卫在桥头的几个战士说，既没有听到炸药爆炸的声音，也没有见到爆炸后的硝烟，大桥

炸的时候，甚至连一片碎片也没有飞起来，它就像一座完全用沙捏成的桥一样，一下子四分五裂地塌掉了。战士们还说大桥炸裂的同时，远处有边防军队用炸药开山的爆破声音传过来，声音很响，不过这样的声音，一天总要听到七八次，谁都不以为奇。边防驻军的领导机关，派技术人员检查了大桥的基础和碎片，也证明战士的话是对的，大桥不是给炸药炸掉的。但大桥无缘无故怎么会炸裂呢？事情有点儿蹊跷。

用各种方法侦察，从各个角度研究，都得不出结果。最后，只剩下一个疑点：远处开山部队炸药爆炸的声浪，可能是促使大桥炸裂的唯一原因。世界各国历史上，曾经发生过类似的事件。150多年前，拿破仑军队侵入西班牙，有一队士兵经过一座铁链悬桥时，迈着整齐的步伐，结果，桥梁受到了巨大的震动，塌了，士兵都掉进河里。100多年前，俄国的一个部队，跨越丰坦河的大桥时，也因为迈着整齐的步

伐而发生了同样的惨剧。这两个例子，还只是因为整齐的步伐使桥梁产生共振，超过了桥梁构件可以承受的应力，使桥梁塌陷。这还不涉及声浪。另一个例子就完全是声浪造成的破坏了。第二次世界大战时，德国法西斯希特勒的飞机轰炸英国的首都伦敦，飞机像撒传单一样把成千上万的炸弹丢下去。炸弹要破坏房屋建筑，这谁也知道，但有一件事却使人们很费解：离伦敦很远的一个小城市，有的人勉强听得见炸弹的爆炸声，有的人甚至连微小的声音也听不见，可是这个小城市里好多居民家里用的电灯罩，却炸了个粉碎。科学家对这件事很感兴趣，他们发现

这些炸裂的灯罩，都是同一个工厂出品的像牵牛花那样的钟形灯罩，别的形状的灯罩却一个也没有被炸裂。后来弄明白，这是声音玩的把戏。原来，炸弹的声浪在空气中传播出去后，如果碰到振动频率相同的物体，这物体也会振动起来，这就是物理学上的共振现象。假如共振厉害，物体又很脆弱，就会碎裂。电灯罩是用又脆又薄的玻璃做的，炸弹强大的声浪，使钟形的电灯罩产生了强烈的共振，结果就炸得四分五裂。

我们的大桥发生的这件奇怪事件，会不会也是共振引起的呢？边防驻军请来了声学专家。声学专家像侦察兵一样，考察各方面的原因。他对大桥炸裂时同时发生的爆炸声浪研究得特别仔细，对爆炸

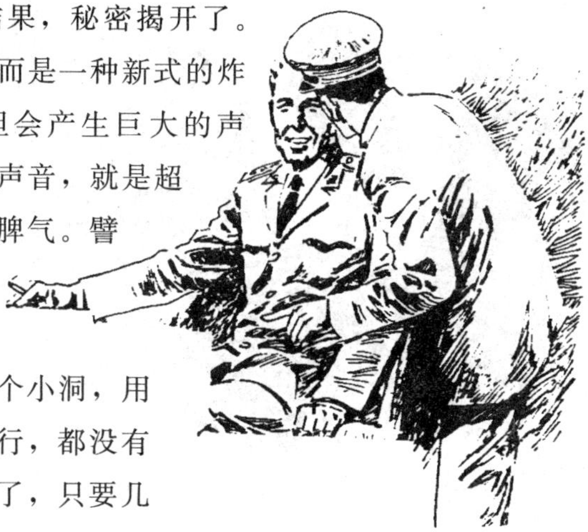

用的炸药也进行了研究。结果，秘密揭开了。原来，那不是普通的炸药，而是一种新式的炸药，这种炸药爆炸时，不但会产生巨大的声浪，还会产生人们听不见的声音，就是超声波。超声波有许多特别的脾气。譬如说，一粒金刚石，它可以划碎玻璃，因为它非常硬。那么要在这粒金刚石上钻一个小洞，用什么来钻呢？别的东西都不行，都没有它那么硬。超声波却对付得了，只要几十秒钟就行。正是这种新式炸药的巨大声浪和超声波，一方面使坚硬的水泥大桥产生了共振，一方面把坚硬的水泥打碎，使得大桥发生了炸裂。

这就是那件怪事的原因。

桥塌了，也找到了原因。事情可不能到此为止，边防工作的重要性谁都明白：一个部队的战斗力，除了觉悟高，有严格训练的战士外，给养是一天也不能中断的。怎么办？是重新造一座更加坚固的桥呢，还是采用别的运输方法？这成了边防军领导机关急切需要解决的问题。

大校朱海刚召集了一次紧急会议，好多位首长都参加了讨论。会议上有各种不同的意见，提出不同方案，不过大家在讨论时，还是围绕了工兵部队首长的发言。他说：

“我们仔细计算过，要在这样的山谷上再建一座大桥，用目前世界上大家采用的先进技术，须得一年三个月的时

间。我们的方案是用另一种新技术，保证在三个月之内造好。”

工兵部队首长详细介绍了自己的方案，到会的同志都怀着极浓的兴趣听他的介绍。本来显得枯燥的数目字和技术措施，现在却使大家感到特别亲切。大家的发言中有提补充意见的，有询问难懂的地方的，也有怀疑的。

会议正在热烈讨论的时候，一位参谋进来报告：

“大校同志，有一位客人要见你。我告诉他你正在开重要会议，请他等一会；他坚持请你立即接见他，说有要紧事情。”

“他告诉你姓名没有?”大校问。

“告诉了，他叫姚泽之。”

“喔！老姚，他有什么紧急事情?”大校露出了猜疑的神色。

到会的部队首长都知道姚泽之教授是位著名的微生物学家，过去曾是部队的第一流军医，后来转业到大学教微生物学，有十分出色的研究

成果。但在这样一个紧急关头来拜访大校，似乎有些突然，首长们也流露出事出意外的神情。

大校宣布暂时休会，出去会客了。

过一会，大校手挽着一个神采奕奕的中年男子走进会议室。他不等大家坐定，满面春风地说：

“同志们，想不到姚教授会来帮助我们建筑大桥。微生物专家跟桥梁建筑发生关系，历史上大约从来没有过。请大家听一个神奇的计划，我个人认为值得一试。”大校笑容满面地转向客人，“老姚，谈谈你的计划吧！我相信大家会赞同的。”

“我跟海刚同志是老朋友，所以不讲什么客套了，”姚教授的声音很平稳，就好像讲课的语气一样，“这里发生的事，关系到边防安全问题，所以这座桥非造不可，而且越快越好，最好就在最近十天半月内造好……”

“刚才工兵部队的同志说，至少要三个月。”大校插话说。

“是呀，用普通办法造这样一座桥，三个月已是一个奇迹，”姚教授说，“不过，运输问题怎么办？我就是为这点来跟大家商量的。我是搞微生物学的，三句不离本行，可否请微生物来帮我们一下忙？”

“微生物？”一位首长禁不住问了一句。

姚教授看了一看这位发问的首长，微微点一点头说：“不错，微生物。”他在大校的邀请下坐了下来，好像讲故事一样对为数

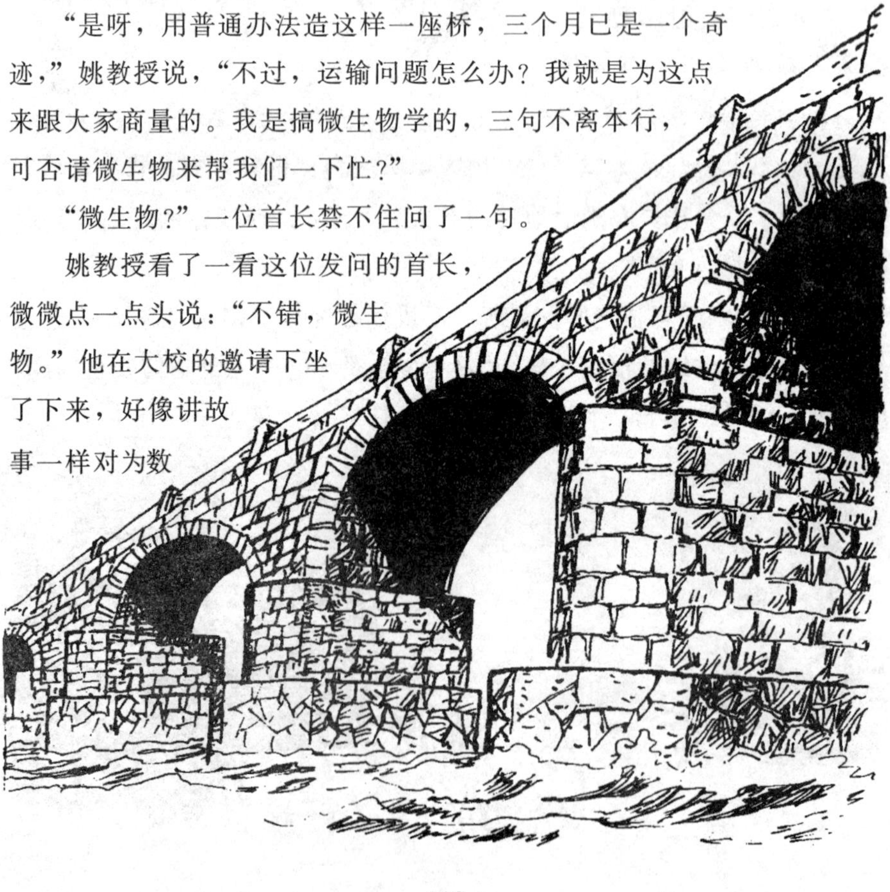

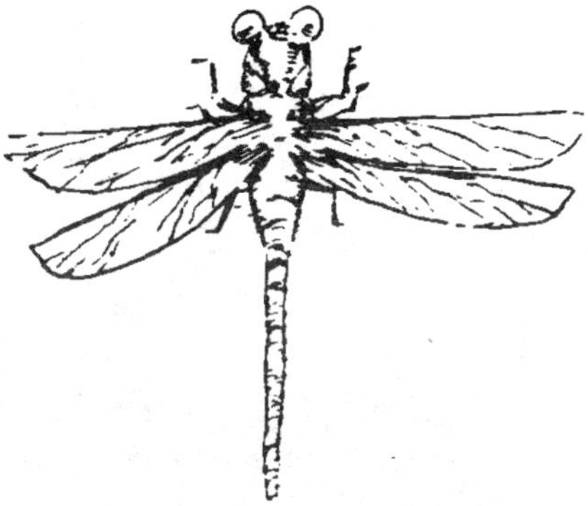

不多的几位听众说，“福建省泉州有一条洛阳江，这条江的万安渡一带江面宽阔，靠海，风浪很急，一些船只，常常触礁沉没。宋朝时，泉州有一个太守叫蔡襄，他动员人民在洛阳江上造一座桥。他先叫大家把乱石投在江底，想把桥墩筑在乱石上面。但潮水一来，乱石就被冲散了。后来，他想到用牡蛎来巩固乱石。牡蛎，亦叫蚝，是一种软体动物，南货店里卖的蚝干、蚝油，就是用牡蛎制成的。这种动物，一个一个地附生在石块上，互相连接起来，就像用一块块砖头砌成的墙一样，可以有几十米高，人们称它为蚝山。这办法真灵，牡蛎经过二三年的生长，就把江底的乱石胶在一起，再也不怕潮水的冲刷，桥墩筑在这石堆上，可以稳如泰山。”姚教授说到这里，忽然接着问大家，“戏剧中不是有一个‘蔡状元造洛阳桥’的故事吗？”

“听说过。”一位首长回

答说。

“900 多年前的一个状元，会想到利用牡蛎造一座 1 公里多长的石桥，我们难道不能大胆设想一下？”

“姚教授，”一位首长发问说，“根据我所知道，牡蛎在这里是不生长的。”

“依样画葫芦，决不能成为画家，”姚教授平静地笑着说，“我只是举例说，并不是也用牡蛎来造桥。自然界可以给我们学习的东西十分丰富。人们筑堤坝，是学习海狸的办法；降落伞是从蒲公英的果实学来的；飞机的式样不是跟蜻蜓很相像吗？最新式飞机上装的天文导航仪，是从扑火的飞蛾身上学来的，飞蛾的眼睛就是天文导航仪器。同志们，如果我们采用蜘蛛结网的方法来造桥，行吗？”

教授顿住了话头，想听听大家的意见。

“那只能造成一座铁索悬桥，不可能行驶载重汽车。”一位首长说。

“不，我们造钢骨水泥大桥，而且要经得起任何震动，”客人绕了几个弯，说到了问题的中心，“微生物学是一门古老又新鲜的科学。说它古老，因为它早已为人们服务了，酿酒、发酵，不是古已有之吗？说它新鲜，微生物这一集团究竟有多少，还是一笔糊涂账。这笔糊涂账跟我们目前的工作无关，暂不去理它。我们所关心的是微生物的增长速度。一个细菌经过 20—30 分钟即可变为 2 个；5 小时内可变成 1 024 个，10 小时内可变成 262 144 个；20 小时内可变成 19 106 720 万个，在 40 小时内重量可以达到 18 841.6 吨，这样繁殖下去，它们可以覆盖全地球。这是吓人的繁殖速度，不过这完全是数学上的统计。自然界的细菌实际上不可能繁殖得那么快，它们有的被冻死、晒死，有的被低等生物作为粮食吃掉，不如此，还得了，地球上还有人类立足之处！几年来，我专门

培养成功一种不怕烈日和寒冷的细菌，它们的繁殖速度接近于上面所说的统计数字。我甚至不敢把它们拿出试管，只得把它们浸在一种特殊的液体里，才阻止它们疯狂的生长。我计算过，100 克这种细菌经过一昼夜的生长，可以变成 5 000 多吨重。给它们一些特殊的营养，它们可以分泌出类似水泥一样的坚硬物质，不要说经得起载重汽车压，就连火车也可以在它们身上通过。用它们来造桥，不出十天，就可以完成……”

紧急会议后，立即试验姚教授的方法。一架直升飞机，把几根特殊的、“种”上细菌的塑料绳子从这边的山顶拉到河对面山顶上，再不断喷上营养液，人们差不多可以看到这些绳子在变粗。本来手指粗的绳子，24 小时后已变得手臂那么粗细，再经过 24 小时，十几根原来互相离开两米的绳子，都长到一块儿去了，成了一条又宽又厚的桥面。第二天，再喷上一种杀死细菌的药水，“桥”停止生长，人们在桥面上铺上钢筋，浇上水泥，装上栏杆、路灯，正如姚教授所估计的那样，总共只花了十天的时间，像虹一样的大桥又出现在我的家乡了。

［中国］王国忠　原作

陈云华　插图

神秘的中继站

此刻，喧嚣已经停止，硝烟犹如一缕淡淡的灰雾笼罩着满目疮痍的土地。长期的争斗使人们精疲力竭。炮火、厮杀叫喊与呻吟都已成为过去；现在到处是一片寂静，只有那些光荣的名字还发着回声——铁旅，马萨诸塞第二纵队……还有一位伊诺克·华莱士。

伊诺克于1840年出生在美国威斯康星州的一个农民家里，曾经在林肯的志愿军里服役，退伍后一直在老家过着平静的生活。奇怪的是，一百多年后的今天他

居然还活着，而且看上去不过 30 多岁。是长生不老？还是具有某种超自然的能力？这重重疑点引起了中央情报局刘易斯的注意。

他花了整整两年时间才初步弄清了伊诺克的经历，眼下他的第二个目标就是伊诺克的别墅。

一天伊诺克又依照惯例外出散步，刘易斯便悄悄地走进了那所别墅。房子呈长方形，又窄又高，看上去简朴而结实，像它的主人一样具有某种跟时代格格不入的荒凉。房子的一端有一间窝棚，里面有床、有被、有炉、有灯。难道伊诺克不住大屋却要住这儿？但这里没有杂志和报纸，而伊诺克近几年却订了大量的书报。看来这只是个摆摆样子的地方，可他为什么要这么做呢？刘易斯疑惑地走出窝棚来到大房子的门前。他用力拧

手柄，却丝毫奈何不了它。仿佛这手柄上被涂了一层又硬又滑的面膜，一点儿也用不上力。他又走到窗前，突然发现窗户是乌黑的，毫无反射功能，也没装窗帘。这异乎寻常的门窗使刘易斯惊恐万分，一不小心闯进了伊诺克家的墓地。奇怪，应该只有两块墓碑代表他已故的父母，却不知为何多出一块，而且上面刻的全是无法解释的符号，好奇心促使刘易斯迫切想知道那下面埋的东西……突然他惊呆了，他看到一堆某种奇怪生物的尸骨。

第二天，伊诺克正在屋里，突然，信息传播机发出了尖锐刺耳的信号声，他慌忙从书桌前站了起来，穿过房间，走到机器前，揿了一个键，声音便停止了，信息开始出现在屏幕上："从 406301 号前往 18327 号中继站。使用 27 号液舱。瑟彭六号星球。请确认。"伊诺克扫视了一下挂在墙上的天文钟，差不多还有三小时。

瑟彭六号？他立刻查找档案，发现这样一段记录："我无法描绘出这个来自瑟彭六号星球的东西。因为它在几分钟内

由球形变成扁形，最后变得像一块薄煎饼。它不断向我发出咔嗒声，我查找了代码才知它想告诉我它安然无恙。”

就像瑟彭星球的来访者一样，多年来不断有一些在国际间行走的外星人经过地球中继站，歇歇脚，为以后的旅行做好准备。而作为中继站的守护人，伊诺克的任务是准备好液舱，迎接天外来客，并准确地将他们送往另一个中继站。传送的方式是新颖的：在中继站的物质管道里替来访者准备了一个生物模型，它不但具有和来访者一样的身体，而且还包括他的生命。冲击波几乎在瞬间就可以跨越太空，将生物模型送往下一站。在那里，生物模型被用来复制成那位来访者早已死了许多光年的躯体，包括他的大脑、记忆和生命。尽管这已经是一个新的生命体，但他同原来一模一样，他的身份和意识依然在延续。

这其中的奥秘的确令人费解，即使工作了一百多年，伊诺克对此还是一知半解，但这并不妨碍他饶有兴味地进行工作。能经常结识一些新伙伴，了解一些新

知识，接受一些小礼物可是一件高兴事。他常在空闲时摆弄那些奇异的小玩意儿，还用米泽尔星座的统计学理论算出地球将再次面临大战。这真叫人有些担忧。不过他相信，只要自己努力让地球加入银河总部，战争就会避免。

在众多的来访者中，最友好、最文明的也许是哈泽人了。它们是两足动物，具有人的特点。它们身上闪闪发光，无论在哪儿，这种光辉始终陪伴着它们。自 1915 年以来，它们中许多人来访过。伊诺克还记得其中一位年老、博学的哲学家死在靠近沙发的地板上的情景。当时，金色的烟雾从他身上开始消失，渐渐地飘向屋外。它的身体躺在地板上，成了一具骨瘦如柴的僵尸，而且令人厌恶。伊诺克丢下尸体，紧张地穿过房间，向总部进行了

汇报。他被告知要用当地的风俗来处理。于是伊诺克就将它埋在了父母边上，并在墓碑上刻了几行让情报局的刘易斯迷惑不解的哈泽文。

伊诺克永远记得，是那个和善的银河侦察员尤利西斯给了他这份工作，帮他翻修了房子，使它坚固得连核导弹都摧毁不了，而伊诺克只要花大部分时间待在里面就永远不会衰老。

这样的生活持续了一个多世纪了，他希望这一切能继续下去，让地球摆脱愚昧，被总部所接受，并和其他先进的星球一样具有崇高的道德。可现在似乎出了麻烦，已经有人监视他了，或许不久他们就会向中继站逼近。他还不知该怎样面对威胁，只是希望这一切来得再晚一些。

又该外出散步了，伊诺克念了秘咒，和窝棚相连的一堵墙就移开了，他走向了阳光明媚的山野。忽然有个人跌跌撞撞地向他跑来，伊诺克扶住了她，发现是邻居菲希尔家的聋哑女露西。她的衣裙背后已被血渗透了，脸上布满了泪水。远处有了动静，有人吼叫着跑出了树林。伊诺克俯身将她抱在怀里从窝棚走进了中继站。虽

然除他之外，任何地球人都不该跨人这个门槛一步，但由于事情发生得太突然，他来不及多想。

可怜的露西被放在沙发上，她知道自己安全了，脸上露出了微笑。伊诺克轻轻地将伤药涂在她的背上。看到那一条条被鞭子抽打后留下的血印，他的心里就不住地抽搐，这一定又是露西的父亲汉克干的！这个暴民，用他的无知和凶残污染了整个农庄。而地球上正是因为有了这些人才争斗不断。也许现在他正在站外叫喊，千方百计地要闯进来。而一旦不能得逞，他又会去叫来许多帮手。座落在山脊上的这幢奇怪的房子将成为地球上的一个秘密，对世上所有疯子来说，它将是一种挑战，也是一个目标。想到这里，伊诺克不禁出了一身冷汗。

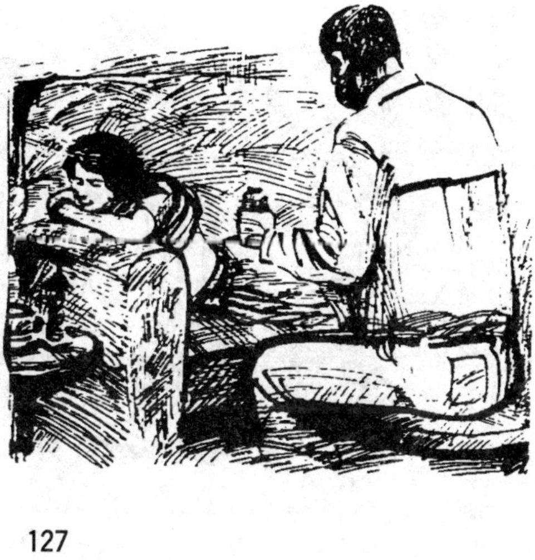

忽然，伊诺克的眼前一亮，露西拿在手中摆弄的圆塔竟然转动了起来，绽放出某种柔和、温暖的光辉。很久以来他一直无法弄清它是什么，而露西一拿到手就会

使用它了。这个聋哑女一定是具有某种非凡能力的。她会用手指医好断翅的蝴蝶；她能在暴民之家生活却始终一尘不染；她的一举一动都给人一种幸福和健康的感觉。她，可真是个仙女！

这时传播机又响了，尤利西斯和一位哈泽人即将来访，两位好朋友同时到来，可真让人感到高兴。

正当暮色降临，尤利西斯走出了液舱，满面愁容，只是看到露西才礼貌地笑了笑。

“这是你的地球人朋友？看来她属于另一个性别，是女的，对吗？”

“是。她又聋又哑可心地善良。你瞧，她并未对你感到恐惧，”伊诺克面带微笑地说，“倒是你，有些不对劲。”

“原谅我，朋友，我给你带来了坏消息。哈泽人告诉我们，你知道它们有神奇力量，死在地球上的那个老人的尸体失踪了。”

“失踪了！我怎么一无所知？”伊诺克惊诧万分。

“本来这也不是什么大事，可因为有人在其中兴风作浪，就使事态复杂了。”尤利西斯说。

“我想一定是那个监视我的人干的。请相信，我一定会把事情搞清楚。”

“不，伊诺克，”尤利西斯说，“这是总部的麻烦，你根本无能为力。当这个中继站建立起来时，银河系中就有许多种族曾对此提出强烈反对。根本的原因就是为了谋取他们的个人利益。他们想在自己居住的星团上建立中继站，让总部向他们那里发展。而对总部来说，那些星团不可靠，对那儿的投资不仅毫无价

值而且相当冒险。所以最终总部还是选择了太阳系。于是他们便处心积虑要破坏我们的工作，而我们的工作才刚起步，原来就稚嫩，现在又被他们抓住了把柄，说什么像地球这样野蛮的星球根本不适合建中继站。而很多星球也支持他们。就连哈泽星球也苦于外界的压力，不得不向你们发出抗议书。即将来访的就是他们的官员。所以要进一步开展工作是很难了。”

“听来，好像你们对保留地球中继站已不抱什么希望了。天哪，怎么会有这种事！银河系不是一向很团结的吗？怎么也会有争斗呢？”

“团结是因为有和平的魔盒，我们可以从中获取精神力量紧密联合。可现在魔盒失踪了，可能落在某个神秘组织手里，没有了合适的保管人，它便不能操作了。所以银河系开始分裂，而且裂痕越来越大。”

伊诺克坐在那里，感到周身麻木。他惊呆了。坏消息！这比坏消息要糟得多。这意味着一切都将结束，地球将

再次被遗忘在银河系那块落后的区域中，人类将处于孤立无援的境地，沿着自己的老路继续朝着黑暗的、疯狂的未来笨拙地走去。

望着中继站，抚摸着信息屏，伊诺克已下了离去的决心。这时哈泽官员来了，他查看了现场，呈上了抗议书，和尤利西斯无奈地走了。伊诺克把露西送回了家，又找到了那个挖走尸体的刘易斯，勒令他即刻送回尸体。等把哈泽人的尸体送到后，伊诺克想，我就要远走高飞了，就当过去是一场梦，我只能重新开始我的生活。

此刻，他隐约听到了一种声音，使他突然站在那里，呆若木鸡。这是从官方的物资管道里发出的咯咯声。难道他们这么快就要拆除中继站了吗？他迅速向前跨了一步，只见一个瘦长的黑影正从目标圈内走出来，那是一只会挺直身子走路的老鼠，身上的毛又黑又光滑，眼里

闪烁着红光。突然它从腰间的皮套里掏出一样东西，面对屋里另一个角落将手招了起来。

伊诺克突然警觉起来，那老鼠拿的是一把枪，他要毁坏的是中继站的中心！伊诺克挥起手臂将桌上一块石头向它扔去。他决不允许一个动物如此粗野地将他经营了多年的中继站就此毁掉。

那只老鼠倒在地上。伊诺克正要挨近它时，突然从它身上闻到一股恶臭，一股令人作呕的臭味，熏得他透不过气来。他迷迷糊糊地看见那外星人站起身，捡起枪，逃出了中继站。

那股恶臭渐渐消失了，伊诺克伸手拿起步枪紧跟着冲出了房门。那外星人正飞快地在田野上跑着，不久便能到达前面的树林。伊诺克想，要是它继续朝那个方向跑就好办了。他只能走上山坡，山坡的尽头有一堆岩石，它位于悬崖向外延伸的部位。这样，他就会落入圈套，插翅难逃了。伊诺克奋力追赶着，一会儿就来到了岩石堆前。外星人已经无路

可走了，他转过身，举起手枪，眼睛扫视着下面的山坡。伊诺克赶紧隐蔽在一块岩石后面。天色已晚，再过 30 分钟这里就会变得漆黑一团。那时要抓住他可就不容易了。

左边的树丛里传来一阵沙沙声，是露西·菲希尔来了。伊诺克大声叫她走开，可露西听不见。伊诺克急忙站起来，随着她冲上前去。这时就在他身后发出了一阵猛烈的爆炸声。那外星人动真格了，他手中拿的是激光武器，能用一束聚光狠狠地给你一下。伊诺克人趴在地上，依然担心着露西。忽然，一个黑影飘到他身边，“尤利西斯!”伊诺克咯咯地笑道。尤利西斯示意他别作声，低声

说："魔盒，他拿到了魔盒!"伊诺克抬起头，看见黑影中映出了两个影子，正在格斗。一个是露西，一个是外星人。

"开枪!"尤利西斯十分果断而又冷漠地叫道。可天空越来越暗，他俩已扭成一团。

"你必须开枪，你得冒一次险!"面对犹豫的伊诺克，尤利西斯大声吼道。

"砰!"伊诺克扣动了扳机。只见那动物的半个头已经不见了，一团团碎肉就像一群黑色的昆虫一样在西边灰暗的天空中飞扬。

在圆石堆上闪耀着一道柔和与美妙的光辉。露西与彩光一起在移动，她手里拿着一盏灯笼正朝他们走来。她拿到了魔盒，并成为其新的守护人!

伊诺克和尤利西斯怀着胜利的喜悦回到了中继站。这时，刘易斯已把哈泽人的尸骨送了回来。在魔盒的光辉照耀下，它又被重新埋到了墓碑下。

惊心动魄的激战过去之后，周围又是一片寂静。露西带着魔盒，带着地球人的希望去银河总部了，她将努力使地球加入总部，并阻止战争的爆发。地球将获得和平，这是任何人都无法阻挡的。在魔盒的强大威力之下，任何邪恶的灵魂都无栖身之地。

伊诺克又走进了中继站，魔盒的神威仿佛依然在房里徘徊。他要继续从事自己的工作。他向过去说了最后一声再见。

［美国］西马克　原作

卓　群　改写

朱双海　插图

魔鬼海

我刚从南海“水下城市”访问回来，第二天应邀去北京参加“魔鬼海科学考察队”的学术报告会。

对于日本附近的危险航区“魔鬼海”，我是十分关心的。它和美国东南部的“百慕大三角”、北卡罗米纳附近的“哈特拉斯角”等都是尚未被攻克的神秘“堡垒”，飞机和舰船把这些危险的航区视为畏途。据不完全统计，在这些神秘的地区失踪的飞机、舰船就有千余架（艘）。几个世纪以来，一直成为人类探索的一个谜。

“魔鬼海科学考察队”是由中、日、美三国科学家组成的。我听完考察队长、中国科学家华明的《揭开魔鬼海之谜》的报告，又特地去拜

访了这个考察队的三个队长：华明、园田、克兰斯顿。我和他们足足谈了四个小时，了解到不少情况以及有关细节。这篇东西，就是我根据他们的谈话记录写成的。

一、“魔鬼海”的来历

在日本的东面有一个“魔鬼海”：为什么叫它“魔鬼海”呢？早年在日本流传着这么一个故事。

传说，古时候有一个魔鬼，头如泰山，腰如峻岭，眼如闪电，口似血盆，模样十分吓人。它是一个任意杀害生灵的凶神。当时，神州大地年年闹水灾，千百万人民被大水淹死，就是这个魔鬼作的孽。那时，有个叫鲧(gǔn)的人，就跟魔鬼作斗争，发动人们治水。鲧跟魔鬼斗了十几年，可是制服不了那个魔鬼，不久就死了：鲧的儿子禹继续与这个魔鬼斗，因为那魔鬼神通广大，还是制服不了它。一天，南海观世音去北海途中，路过神州上空，只见那里一片汪洋，水面升起一团迷雾，那迷雾渐渐凝成一团乌云，最后变成了巨大的魔

鬼。南海观世音一看，它原是天河里那个千年水蛭，因犯天条才谪降到尘世。她见那水怪本性难改，就决定收拾它。观世音取出长颈瓶，用手指甲蘸了一下瓶中的水，轻轻向魔鬼身上弹去，一瞬间，魔鬼就变得很小很小了。观世音立即把它收到了云端，并随手从地上取来一根大禹用过的铁锭子，来到东海与太平洋之间的上空，口中念念有词，说了声："到海底去！"那魔鬼深知观世音神法，不敢违抗，乖乖地钻到海里去了。说时迟，那时快，她把铁棒向下一扔，那铁棒直落海中，把魔鬼紧紧压在海底。不久，神州大地上的大水便渐渐退去了。

不知过了多少年，孙悟空到龙宫去借宝，他看中了龙宫海藏库中的一块天河定底神珍铁，就是当年大禹治水时观世音随手取来镇压魔鬼的那根铁锭子。孙悟空取了那铁棒，兴冲冲地离开龙宫。又不知过了多少年，那魔鬼忽然醒了，它发现压在身上的铁棒不见了，心里一喜，就来到海面。那魔鬼见轮船驶过，就张开大嘴，一口吞到肚子里。它看见天空飞机飞过，就举起钢叉似的手臂，一把抓住，摇

了一摇，又塞进大嘴巴。从此，那魔鬼就住这海里了。因为这片海面上魔鬼常常闹事，于是，有人就给起了个名字：魔鬼海。

二、奇怪的事故

第二次世界大战末期，日本海军的五架“敢死队”轰炸机，从某海军航空基地起飞，在魔鬼海附近进行低空攻击训练。这一天，万里无云，五架轰炸机起飞一小时后，基地控制塔听到编队队长吉田的呼叫：“我们的两个方位仪都发生了故障，想飞回基地，但方向不明。”基地指挥部控制塔立刻指出了返回基地的路线。过了十五分钟，基地指挥部控制塔收到吉田的最后报告：“我们的位置怎么也弄不明白，这儿全是海……”以后，再也听不到空中的任何声音了。于是，从基地起飞两架侦察机紧急救援：一架按照估计的失事海域进行搜索；另一架，沿海岸向北，再向东飞行。奇怪的是，这后一架飞机飞行了一小时四十五分钟后，也说不出自己的

位置，失踪了。就这样，仅仅几个小时内，吉田中队的五架飞机连同那后来救援的一架飞机全部失踪。事后，虽然出动了十艘舰船对飞机可能失事的各个海域进行了搜索，但是一无所获。

事情并没有就此结束。从 1946 年 2 月到 1977 年 8 月，先后有几十架其他国家的飞机，飞过魔鬼海时，也行踪不明地消失了。有人统计，从 1870 年到 1973 年，失事的舰船有 100 多艘。

1924 年 1 月，日本货船“太平丸”满载着小麦，从拉丁美洲巴拿马出港，到距横滨约 300 海里的海面时，北面发生低气压，船员把罗盘刻度向南回转，进入了平静的海面，然而不到半小时，“太平丸”就下落不明了。事后，连船的残骸也没有找到。这片海面上经常发生事故，究竟是什么原因，谁也说不清楚。这样，魔鬼海便蒙上了一层神秘而又恐怖的色彩。于是，也就出现了种种猜测或假设。受封建迷信思想影响的人说，会不会那个魔鬼真的又出现了。也有人认为，舰船神秘失踪的原因是海盗袭击。可是飞机失事又怎么说呢？也有人认为，飞机、舰船失踪与自然界的力量有关，如海啸、海龙卷等气象的影响。更有人假设是由于其他行星来客插了手。但是种种猜测、假设，都是没有办法

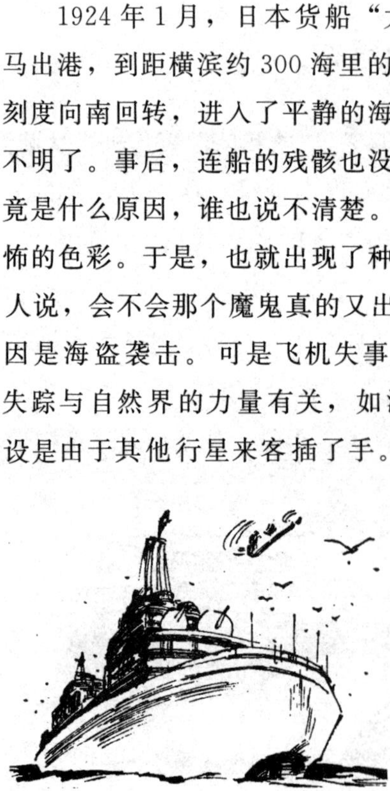

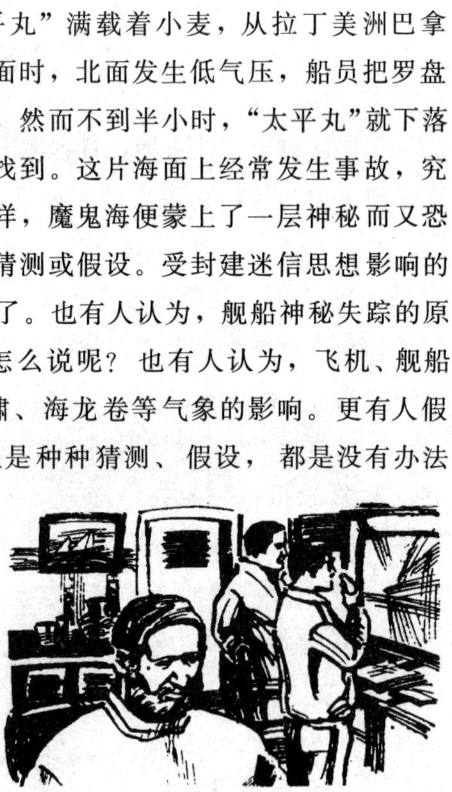

得到证实的。

三、进入神秘的地区

1924年6月，中、日、美科学家组成了一支科学考察队，对“魔鬼海”进行实地调查。这个联合科学考察队的成员，除了三名科学家、船长和一名医生，还有十个机器人（包括深潜机器人）。科学考察队乘坐一艘名叫“海豚号”巨型考察船，到日本以东的魔鬼海进行考察。这艘考察船除带有快艇和小型潜艇外，还有太阳能直升机，而且这直升机和快艇等外层都涂有发光物质。

科学考察船顺利进入了预定的海域后，立即与控制中心取得了联系。第二天，华明和克兰斯顿、园田分工负责，开始了工作。三个科学家坐在激光电视机前，观察派出去的太阳能直升机和快艇、潜艇，在魔鬼海上空、海面、海底进行收集资料、测量等活动，工作进行得很顺利。

三个月过去了。科学考察船按照预定的方案，对所要考察的项目进

行了大量的工作，基本上取得了魔鬼海地区的大气层、海流、海床结构等方面的重要资料。一天晚上，三个科学家和船长一起聚餐并研究工作。华明小结了前一段的工作后，提出了一个建议。根据过去飞机、舰船失事发生的时间，多在月圆之夜，为了观察潮汐等现象，有必要改变一下活动的时间安排，即白天休息，夜间工作。

克兰斯顿和园田都同意华明的意见。接着，他们摊开太平洋海底地形图，做了具体的研究。研究结束，立即向研究中心做了两点报告：①9月7日起，改为夜间作业；②拟派H01潜艇驶往东经163°，北纬20°一带深海沟活动。不到半小时，控制中心拍来了回电：“完全同意你们的计划，顺致亲切地问候。”

第二天清晨，由园田负责派出了H01潜艇……

四、意外的发现

9月16日（农历8月14日）上午，科学考察船气象观察台预报，下午的气候将发生剧变

十九点零四分，海上突然起了大风暴，园田刚向海空作业的直升机和海面巡逻快艇发出返航的指示，坐在遥控室的克兰斯顿，突然惊叫起来："不好了，发生了意外的事情!"

华明离开自己的座位，快步走到克兰斯顿那架激光电视机前，只见二千五百米高空飞行的太阳能直升机突然失去控制，忽左忽右，忽上忽下，摇晃了约莫三四分钟，眨眼间坠落到海里，直升机的影子立即在电视屏幕上消失了。克兰斯顿双手抓着头发，连声说"这是怎么一回事？这是怎么一回事呀？"

几乎是同一时间，园田也惊呼起来："102快艇偏离了航向，一会儿朝北，一会儿朝东……"他的话音未落，行驶在海面的102快艇瞬间卷入了水

底，不到一分钟快艇的影子也在电视屏上消失了。

华明沉着地走到测磁仪跟前，拉出纸条一看，心里一惊，对克兰斯顿他们说："发生了电磁暴！"

"电磁暴？"园田低声地念着。

"海龙卷引起了电磁暴！"克兰斯顿用拳头敲敲自己的头，喃喃地说。

"102 快艇和直升机落到哪儿去了呢？"园田问自己，又像是在问华明和克兰斯顿。

华明说："直升机和快艇损失了，却让我们发现了事故发生的原因。"

"下一步我们怎么办？"克兰斯顿问华明。

华明望着船舷外的海空沉思起来。"华先生，要不要把 H01 潜艇收回来？"园田说。"不"，华明转过身去，"我还想派出 H02 潜艇，并准备随艇去找失踪的直升机和 102 快艇……"

园田不解地问："寻找失事直升机、舰船的工作，不是已指示 H01 潜艇在进行了吗？"华明说："我想跟踪查明我们的直

升机、快艇的下落，亲自去深海沟走一趟。”

“这，这恐怕太危险吧?”克兰斯顿插话说。华明笑了笑说：“也许有点危险，中国有句古话‘不入虎穴，焉得虎子’。为了科学考察，可得冒点险呀!”园田想了想说：“我愿意同你一起去。”华明亲切地拍拍克兰斯顿的肩膀，说：“朋友，船上的工作，请您全面负责，怎么样?”“OK，好的。”克兰斯顿想了想欣然同意了。

于是，华明请来船长林航，一起研究了工作并做了安排。

二十一点整华明和园田带着机器人408，潜水机器人F3、F4，乘H02潜艇出发了。

五、跟　踪

H02潜艇进入魔鬼海地区，园田打开了激光电视机，华明查看着海底地形图，又从仪表反映看到，这儿的水底有一个强大的海底河流，它与海面上的海流方向正好相反。H02恰好是顺着海底河流的方向前进，因此船速很快。华明和园田除了利用潜艇上的仪表探索沉船、飞机残骸外，还通过激光电视机留心地查看海底的一切动向……一小时过去了，二小时过去了，H02潜艇没有发现什么东西。

17日零时二十分，激光电视屏幕的右上角，出现一条细长发光的物体，上下翻滚着……园田兴奋地说：“华先生，好像是102快艇的船体。”当华明凑过脸去看时，那发光的物体已经消失了。华明问：你真的认为是102快艇的船体吗?”园田回答说：“我的判断是这样。”华明说：“请校正航向，紧追!”

可是真怪，那条细长的船

形发光物体，像幽灵似的，忽隐忽现，H02 潜艇尾随它足足两个小时，二时二十三分以后，那个发光物体就没有再出现过。华明和园田又仔细地研究了海底地形图，原来他们进入太平洋深海沟已经有二十海里了。船速放慢了，顺着海底深沟徐徐行驶。这深沟两边都是岩石，好似陆地上两山之间的溪流。园田利用水底通信设备与 H01 联系，华明打开水底照明灯，探索深沟底的飞机、舰船残骸。不到半小时，园田收到 H01 潜艇发回的报告，他大声念道："我艇在东经 162.5°，北纬 19° 一带水下七千米的深沟搜索约三十五海里，尚未发现沉船等残体。机 406。"

不久，华明从激光电视屏幕上看到，深沟左侧微微露出一条船桅似的物体，就让 H02 潜艇顺着水流驶过去，驶近一看，

真的是一条折断了的船桅，大部分埋在流沙里。华明高兴地叫道："这真是意外的发现！"园田问："你看到了什么？""一条折断的船桅！"华明指给园田看。园田见了也兴奋地说："意外收获！"

华明和园田商量了一阵，决定派潜水机器人 F3、F4 到沟底去探索。H02 潜艇紧贴沟底驶到断桅不远处，两个潜水机器人从艇肚的洞口下去了四十分钟以后，F3 报告摸到了一件救生圈似的东西，要求返艇，不到三分钟，F4 也报告说，它在沟边摸到了一块金属片。

F3 和 F4 回到了 H02 潜艇，华明和园田仔细察看从海底捞起的东

西。原来那块金属片是飞机尾部升降舵的断片，但看不到任何标记，无法确定是什么飞机上的。那个被海水侵蚀老化了的救生圈，表面积了一层海泥，园田一边用水冲洗，一边拿着刷子轻轻地刷着，积泥被冲刷掉了，救生圈灰白色的表面隐约地显露出三个暗红色的漆字“幸福丸”。园田突然惊喜地叫起来：“幸福丸！这不是1936年从横滨开往墨西哥的一艘货船吗？”华明说：“园田先生，你会不会记错？”“不，我相信自己的记忆力，”园田说，“临出发前，我还仔细地研究过魔鬼海地区失事的飞机和舰船的有关记载材料呢。”“那太有意思了，我们总算没有白来一趟！”华明快活地对园田说，“这次找到了几十年前沉船‘幸福丸’的救生圈，是一个很好的材料。”“对，‘不入虎穴，焉得虎子’，这句中国古话说得太好了。”园田笑着回答。

华明和园田正准备进一步寻找几百年来失事的飞机、舰船残骸，以便用这些实物来证实某些科学设想和推测，以及提供有关海洋地质方面的资料。就在这当儿，科学考察船“海豚号”船长林航拍来了特

急电报："20日零点十四分，'海豚号'船尾部被不明来历的水下导弹击伤……"华明他们被这意外事故所震惊，于是，只好被迫放弃进一步探索工作，乘H02潜艇返航。

回到科学考察船"海豚号"，华明等人立即采取紧急措施。由于船尾部分受伤，一些仪器被损坏，留在海上已无法继续工作。专家研究结果，决定返航修船。派往太平洋深海沟探测的H01潜艇也只得召回来。

这次考察工作因意外事故中断，但是三国科学家还是获得了很大的成果。他们初步摸到了造成飞机、舰船失事的原因，是由于自然现象海龙卷引起的电磁暴，影响了飞机、舰船确定方位和无线电通信。至于电磁暴是否是所有飞机、舰船失事的原因，还有待进一步考察。通过这次考察，他们的初步结论是：这些事故的发生与超自然力无关。同时，从太平洋深海沟边缘发现了失事飞机、舰船的零星残骸，也使某些传说失去了神秘色彩。

［中国］鲁　克

朱双海　插图

德梅斯教授的试验

前一时期，社会上有许多关于德梅斯教授的流言蜚语。据说在他试验地区到处有他制造的自生人在遛达，他们游手好闲，还不时干出斗殴抢劫的罪恶勾当。于是全球科学委员会委托我去制止德梅斯教授的试验。

我乘坐重力飞机无声无息地越过太平洋，很快飞临澳洲西海岸的德梅斯教授试验区上空。只见地上到处残肢成堆，一片狼藉，这里像一个死寂的世界，既没有人，也没有野兽。更令人奇怪的是，连那些无法无天的自生人也不知到哪里去了。

为了安全起见，我决定暂不降落，继续往南飞行。不久前方出现了一块深褐色的大斑点，常识告诉我，这是一个生产铁矾矿的矿区，显然有人居住，于是我决定在此着陆。

飞机刚一着陆，一个人就朝我猛跑过来。“你们到底要干什么？”他边跑边冲我吼叫着，“可能你又带来了那些该死的东西吧！”但他看到我惊愕的表情时，立即改变了语调说：“请原谅我的粗鲁。我是矿上的总工程师，我实在讨厌那些怪物……”

“我就是为这而来的，”我回答说，“我叫赫曼，请你告诉我，这里发生了什么事情？”

“我要控告这个发了疯的教授，”工程师激动地说，“自从矿区出现这个教授研制的这些自生人……”

“自生人？第一代计算机控制的人？”

“对，自从这些自生人出现后，我们矿区可遭了殃。每天总要失踪几个机器人，

到目前为止，总共200个机器人中已失去了50个，生产已发生了危机。”

“这50个机器人被勾引去了吗?”

“根本不是，是给德梅斯的那些该死的强盗偷去的。他们把我们驯服的机器人砸开，然后取走了他们需要的部件。”

“我们将认真研究该怎么办，”我安慰道，“总之，不能让自生人再来危害你们。现在我准备去找教授谈谈。”

“祝你顺利，”工程师说，“不过，我怀疑教授已被自己的创造物打发他见鬼去了，因为我几次找他交涉都没有见到他。”

重力飞机向北飞去，在试验区上空盘旋着，努力寻觅德梅斯的踪影。我很了解伊利费鲁·德梅斯，他认为人类只是生命进化中的一个阶段，生物化的机器人将能创造出有思维能力的机器人，并不断自我完善，他们最后终将把生命进化推向更高的阶段。我一直反对他的荒谬而危险的理论。

重力飞机越飞越低，仍不见教授的踪迹。我决定到试验区东面的山上去寻找。突然，在山脊顶端的一块平地上，我发现有一个生命在发狂地打着信号，招呼我前去。当飞机在这块平地上着陆后，才发现这个打着信号的人正是德梅斯教授。他脸色憔悴，疲惫不堪，蓬头垢面，衣衫褴褛，正摇摇晃晃地向我走来。看到我后，他那双充满幻想的眼睛黯然失色，然而庄重地大声宣布："试验成功了，赫曼!"

"我也这样认为，"我笑了笑冷静地回答，"您在哪里安顿？怎么弄得这样狼狈呀？"

他的头朝一棵大树下扬了扬。那里有一个用许多树枝叠成的地铺，上面挂着遮阳光的顶篷。"您就在那里安息？"我大惑不解地问。"是的。亲爱的朋友，一切都按我的设想进行……噢，有个问题，你大概有可填饱我肚子的东西吧？"

我把他请进座舱，拿出了最好的食品。他狼吞虎咽地吃着食品，我不禁怜悯地问：“您最后一次进餐是什么时候？

“八天前。”他用手擦了擦嘴唇，“后来就吃树皮，幸好我还带了些食用水。”

“如果我不来，您的试验将如何进行？”

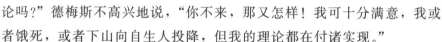

“怎么？你又想争论吗？”德梅斯不高兴地说，“你不来，那又怎样！我可十分满意，我或者饿死，或者下山向自生人投降，但我的理论都在付诸实现。”

“现在一共有多少个自生人？”

“我不知道确切的数字，大约有 40 个吧，因为他们已学会了自我复制，现在已是第二代的了。”说这句话时德梅斯丝毫没有流露出得意的神色，相反倒显示出无可奈何的样子。

“什么？”我吃惊地叫了起来，“要知道您来这里才半年呀！”

“是的，我带了 30 个驯

服的机器人来这里建立了实验室。噢，好吧，赫曼，向你汇报一下这半年的工作吧！”德梅斯兴奋地说，“我到这里一个星期后就制成了第一个自生人，我给他取名叫安泰。这是一个圆筒状自控机器人，有一双手，关节灵活，但没有脚，是靠抵抗重力平衡的原则移动的，确切地说是在飘动。他的记忆力十分惊人，对我和驯服机器人特别感兴趣。一天安泰突然来责问我为何没给他安上双脚，其言语措词相当难听，我一气之下，就禁止他进入实验室。现在看来，这是一个轻率的决定。”德梅斯说到这里停顿了一下。

“此后，我忙于继续制造自生人，无暇

顾及已制造出的自生人，让他们自由行动，只是偶尔观察他们一下。开始，他们对学习颇感兴趣，不断积累经验，并自我完善。一天早晨，我突然发现仓库里缺少一箱综合计算机和一箱假肢，我马上来到实验室，安泰正在给自己安装下肢，我怒不可遏地责备他，可他却若无其事，连看都不看我一眼。在安泰的影响下，其他自生人也纷纷私拿仓库里的材料给自己安装下肢。为了制止这种行动，我决定不再向仓库补充材料。

“不久，安泰又来找我，他想进一步完善自己的记忆，要我提供材料。我解释说，他的记忆存储器承受不了更多的负荷，他应该首先试用已获得的经验去检验自己，从而发现自身的什么结构应该改变。安泰一言不发转身就走了。”德梅斯苦笑了一下，又继续说：“第二天早晨，我被一阵喧闹声吵醒。我赶到实验室，看到安泰已打开自己的头盖骨，正在往里安装抢来的存储器，旁边躺着一个支离破碎的驯服机器人。我愤怒至极，指责他是

瞎胡闹。但他却泰然地说，他只不过是按我的设计要求，在完善自己的记忆……老实说，赫曼，那天晚上我没睡好，我担心有一天他们会想到要我的活脑。

“安泰的行为影响其他的自生人，我的驯服机器人的数目急剧减少，不久就全部被消灭了。此后，自生人的行为也越来越疯狂，他们开始外出袭击，常常带回来新存储器和其他部件。与此同时，他们也开始制造第二代自生人，令人吃惊的是，我研究了多年的事情，他们几天就办到了。不仅如此，他们还发明了一种无限制程序的新型存储器。

从此，他们与我分道扬镳了，更令我惊奇的是，在他们的脑容量不断增加的同时，外形也越来越具有人的标记，矛盾也随之而来。按进化的要求他们应齐心协力一起干，可是任何一个自生人都不考虑这一点，只考虑自我完善，他们往往为争夺一个所需要的部件而打得不可开交。不久这种争吵就发展成大规模的武斗，他们吼叫着，互相扯断对方的手和脚，打碎被害者的头颅，抢夺存储器。在这一场场的武斗中，安泰倒下了，一个年轻的自生人拿安泰的部件来完善自己。为了纪念安泰，我把他叫安泰第二。

“自生人的发展不符合我原先设想的进化方向，他们已完全脱离设计者的框框按自己的逻辑发展着。尽管自生人的发展证明我的理论的

基本观点是正确的，但我更担心的是不久将会出现一种比人更聪明的更高级的生物来取代人的局面。老实说，我已无力制止这种局面的出现，因此我决定三天后离开实验室。”德梅斯说到这里浑身在微微颤抖，脸上流露出恐怖的表情。

“第二天天刚亮，”德梅斯继续说，“一阵恶魔似的喧闹把我吵醒，噢，‘他是个下贱胚！’‘折断他的脖子！’‘他要存储器有什么用？’我明白，这些吼叫是对着我的。我的牙齿打颤了，用颤抖的双手立即收拾一切生活必需品。显然奔向直升飞机已经来不及了，因为自生人已经在捣毁飞机实验室和仓库，现在唯一的出路是登上陡峭的山顶。于是，我没

命地冲出重围，自生人随即包围山头，并不断叫着，‘你这个不学无术的笨蛋，在我们自生人的社会里，你是一条寄生虫。’

‘下贱胚，’‘你们的时代已过去了，’这些自生人虽然骂得挺凶，可谁也不愿意攀登山峰。我十分清楚，此刻我只有两条路，要么投降，要么饿死，虽然我希望有人来搭救我，但希望十分渺茫，可……”德梅斯故意拖长了声，等待我的反驳。

“您给自生人的基本程序是什么？”我问。

“自我完善。”

“其他没有了？”

“没有了。”

“好吧！为了把您的试验引向正确的方向我将试一试……”我满有把握地说。“你有什么高见？”

“我去找自生人谈谈。”

“你发疯了！”他跳了起来说，“他们会把你撕得粉碎。你以为你能充当人和自生人之间的调解人吗？”

“不，我认为您的前提是虚构，”我反驳道，“就是最完善的机器人也无法同人相比。”

“我可要提醒你，今天已有几百万人是半人造的，他们的内脏已全部更换过了，从人造关节到人造心脏，同时，自动化机器人却在日益人化。赫曼，人和自动化机器人间的差距越来越小了。”

“这种接近是虚假的……机器人永

远达不到人的品质。”

“我们之间的观点难以统一。”他反驳道。

“我将用事实教育您。我现在就去找他们。”说完我就启动了重力飞机。

我的重力飞机着陆在离实验室不远的地方。为了安全起见，我要助手把飞机升到10米高处，一旦发现有危险，就向我发信号。我警惕地走进实验室，室内满地都是碎片，看不到一个自生人，我决定离开实验室到其它地方去找自生人。刚转身，就听到后面有一声野兽的吼声。我回头一看，霎时呆住了，一个柱子那样高的自生人站在我后面。

“您好，您是机器控制论学者?”他问。

“是的，我叫赫曼，”我结结巴巴地说，“怎么，你不打算向我进攻?

他摇了摇头，说：“不，这是不明智的，全是愚蠢的德梅斯的过错。”

“德梅斯不是你们的始祖吗?”

“是的，可他十分无能，他创造了我们，却没有使我们更聪明些。”

“你的名字是……”

“安泰第二。”

“喔，我听说过，也是最愚蠢的一个。”

“我也为我们的愚蠢而苦恼，我的存储器一定有什么不正常。”

“你怎么会想到这一点?”我问。

“自从摧毁实验室后，我到处去寻找，希望能找到一块脑子，使我更聪明些。这时拜读了您的大作，您说自控机器人仍将置于一定的界限内，但界线是什么？我无法理解，这是德梅斯的过错!”

“是德梅斯的过错，你不明白我们是强大的。”

“‘我们’是什么意思?”

“你只知道‘我’，不知道‘我们’，这是你最大的弱点，即使你再聪明些，也得服从我们。”

“我能学会‘我们’吗?”

“不，你学不会，你同伴也学不会，因为你不是社会化的生物。这是自然界的逻辑。”

“哎，我一听到逻辑就头痛。照您这么说，我花那么大力气自我完善，仍不会有什么好结果?”

“是的，但这不是你的过错，我可以帮你消除矛盾，只要一个毫无痛苦的小手术。”

“谢谢先生。”

……

几个小时后，我又驾着重力飞机来到了山顶。德梅斯像见到鬼魂似地问我：“你活着吗？赫曼。”

“是的！”我平静地说。

“那么自生人呢？”德梅斯疑惑地问。

我领他来到山脚下，在实验室附近的空地上，劳动场面热火朝天，自生人在打扫各种碎片和零件。我感慨地说：“自生人是您创造的，是您愚蠢人类毁灭论的产物。他们只知道自我完善，其他一无所知。可是当这些怪物在某些方面显得比自己创造者更聪明时，他就陷入了自相矛盾之中。为此，我对自生人的基本程序做了改动。”

“新的程序是……”

“我为人类效劳。”

［德国］克鲁柏卡　原作

李华　改写

陆根法　插图

万兽之王

一、万兽之王

期终考试成绩单一拿到手，我一看，嗬，总评96.5分！

别提我有多高兴，一蹦三尺高！

我立刻写信给我那位生物学家的舅舅，他说过，只要我总评在95分以上，送我一件珍奇礼品。

舅舅很快回了信，说送给我“万兽之王”！

天哪，什么是“万兽之王”？

老虎？狮子？还是——？

二、神秘的黑皮箱

舅舅来了：手里只提了一只黑色的皮箱。

我问舅舅，你答应送我的东西在哪儿？他举起箱子："就在这里面。"

"万兽之王？"我的眼泪都出来了，"骗人！"

舅舅笑吟吟地说："别忙。"

箱的下端有一个钢制的螺帽，舅舅拧开螺帽，里面爬出一只大蚂蚁。

舅舅说，这是热带军蚁，又叫劫蚁，万兽之王！

一只蚂蚁，有什么稀奇？我一指头就能捻死它，还"万兽之王"呢。

"骗人！"我大叫。

舅舅还是笑眯眯地说："那么你说，什么是万兽之王？"

"大老虎、狮子、雪豹、狗熊！"

"那好，"舅舅说，"来，跟我的劫蚁斗一斗。"

“你明知没有，”我叫道，“故意说！”

舅舅抬起头来，我家院子里一只凶猛的大狼狗在徘徊。这是我养的“德国黑背”护卫犬，可凶着呢，前腿一站起来，比人还高。

舅舅说：“怎么样，跟它先过两招？”

我“噗哧”笑了：“不够它塞牙缝儿！”

“虎儿！”我吼了一声，它冲进屋来。我指指地上的蚂蚁，它莫明其妙地伸了鼻子去嗅。

就在此时，那蚂蚁极敏捷地上了狗鼻子！

我惊叫一声。只见“虎儿”像被人刺了一刀，惨叫声，一跃冲出房门。它连声吼叫，满院打滚，把鼻子直朝石墙上蹭！

舅舅大叫："抓住它！"

它冲出院门，满巷子乱窜。

等它再窜回家里，我忙关了大门，这才抓住它。

舅舅就朝狗鼻子上喷了一点什么药水，那只褐色的蚂蚁从狗鼻子里爬出来了。

"怎么样，小晓？"

"不怎么样！"我不服气地说，"投机取巧。跟我的大公鸡斗斗？"

对，鸡吃百虫。吃蚂蚁，不跟吃大米一样，一口一个？

舅舅说："公鸡那么大，蚂蚁那么小，这不公道。这样吧，我派两只蚂蚁上阵，可不可以？"

"两个？两百个也不是对手！"我高喊一声，抱来了大公鸡，那只足有五千克重的大公鸡。

大公鸡可比不得大狼狗傻乎乎地用鼻子去闻，它张嘴就叼！一嘴一个！

我正要欢呼，却只听见大公鸡惊天动地地

惨叫一声，粗大的鸡爪子上了自己的头，一个踉跄，拖着翅膀，满地打起滚来！

我才准备去救它，它“扑楞”一声，上了房顶。接着又连滚带叫，在房顶上窜过了好几家。

大公鸡惊动了一村人，十几个人追着抓，等抓住它一看，两只黄蚂蚁把鸡冠子咬成了马蜂窝，直流血。

“服不服？”舅舅问我。

“不服不服就不服！”我的牛劲儿上来了，“有本事，跟我‘过’几‘招儿’！我一巴掌拍死五个，两巴掌叫它全军覆没！放十个出来，一个两个不过瘾！”

舅舅摇摇头，“使不得，要是钻到你耳朵眼儿、鼻子眼儿里去怎么办？”

我倒吸了一口凉气。

“不怕，我拿棉花把耳朵、鼻子堵上！”

舅舅笑笑，拧开钢螺帽儿，一小队蚂蚁跑了出来，我不宣而战，上去就是一脚！

待抬起脚时，蚂蚁炸了群，四散逃开。只踩住两只，一只又恰好藏在砖缝里，居然安然无恙，只有一只捐躯沙场。

可是，不妙！

有三只蚂蚁已乘机上了我的鞋帮儿，我慌忙拍打，有一只钻进了我的裤筒。更糟的是，由于我忙于对付右路军，由三只蚂蚁组成的左路军趁虚而入，进入了我的左裤腿。

糟！

我手忙脚乱地脱裤子，可小腿上已痛如针扎！

裤子尚未脱下，竟有散兵游勇潜入了我的左臂！

霎时，四面来风，八面起火，我只觉得周身有千百根针在乱扎乱刺，像是捅了马蜂窝，成千上万的马蜂围着我螫！

我大喊："救我！"

舅舅七手八脚地帮我把衣服扒光，拿出那只塑料小瓶，冲我身上喷了几下，那些蚂蚁便从我头上、臂膀、腿上爬了下来，撤退了。

我看着身上、大腿、小腿、前胸、后背、腹部、脖颈、头皮都被它们咬伤了，又痛又痒，气得我咬牙切齿！

不过，我再也不敢小看它们了。我现在才发现，那细长的身躯，那不停挥动的一双触角和那对

宽大有力的颚，是那样适合格斗、越野和驰骋。它们厉害就厉害在两个字上：小、巧！

我可真是望蚁丧胆了。

那只小小的皮箱，真惹它不得！

看来，舅舅说的，老虎、狮子、狗熊都不是它的对手，这话并非吹牛。若真斗起来，怕比我更狼狈。要知道蚂蚁的这三战都是单独作战，若是倾巢而出、集团进攻呢？

我不寒而栗。

三、天下无敌

舅舅笑着说：“你知道这箱子里装了多少军蚁？有一百万！百万雄师！若是都放出来，别说一条大狼狗，就是东北虎、非洲狮、亚洲象、北极熊，我的蚂蚁一围上去，风卷残云，一顿饭功夫便可吃得干干净

净，一丝儿肉也剩不下。就剩一副骷髅，可怕不可怕?”

我毛骨悚然。小看它们了，真是“万兽之王”呢。

舅舅说：“你别看它们小，它们正厉害在小上。蚂蚁在地球上已生存了四五亿年，是地球上最古老的古生物。地球上有多少人？五十几亿。可蚂蚁仅在亚洲就有八九兆亿亿以上，是地球上数目最多的生物之一!”

老天!

四、百团大战

过了两天，村长下令，全村男女老少连同所有家禽牲畜一齐撤离村子，不许一个遗漏，并且布置了岗哨，封锁所有路口，禁止一切行人来往。

舅舅拿出皮箱，说：“小晓，咱们来个百团大战!”

舅舅拿出那个塑料喷壶给我和他的身上都喷了些药水，说，这样蚂蚁就认识你，不咬你了。

舅舅打开了箱子八个角上的十六个出口，群蚁蜂涌而出。潮水一般，不大工夫，地上黑压压的一片。

群蚁朝地上、墙上、天花板上到处爬去，老鼠尖叫着从鼠洞里窜出来，跑了没有几步，便栽倒在地上，一群军蚁一眨眼便将它吃得只剩下一副骨架。

成千上万的蚂蚁，浩浩荡荡地奔往各个战场，那箱子里的蚂蚁像放也放不完似的，那一地的蚂蚁简直就像一条活动的黑地毯，像是集团冲锋的士兵。

这群饿蚁将路上碰到的一切都咬死吃掉，无论是动物还是昆虫，吃掉蛆、蛹、孑孓、卵、蛾、湿湿虫、蝎子、蜈蚣、土元、蟑螂，爬进粮囤，把粮食虫和卵一起吃掉；爬进枣筐，把一条条钻心虫拖出来，咬死，吃掉；爬到树上，吃尽那些松毛虫；钻进衣柜，寻找那些专吃毛皮衣物的蠹虫；钻进柱子、椽、檩、木器家具被白蚁蛀成的空洞，杀进白蚁的老巢，和白蚁

展开一场恶战，杀死兵白蚁、咬死白蚁王、白蚁后，把吃不完的白蚁卵一粒粒地搬回家去，作为粮食储备。

我吃惊地问舅舅：“蚂蚁和白蚁不是一家人吗？怎么自相残杀起来了？”

“不对，”舅舅说，“白蚁很像蚂蚁，但不是蚂蚁。白蚁属于等翅类，蚂蚁属于膜翅类。白蚁与蚂蚁不仅不是亲属，而且是世仇。一旦狭路相逢，就会拼个你死我活。”

“这么厉害？”

“蚂蚁生性好斗，别的窝的蚂蚁若闯到这一窝来，也会被咬死。”

“怎么认出来？”

“靠气味，”舅舅说，“蚂蚁有相当灵敏的嗅觉。你看，我对蚂蚁发号施令就靠这瓶药水。这药水就是蚂蚁的‘窝味儿’，你我身上一有这味儿，它们就知道是自己人，就不咬了。”

说着，舅舅在空气中喷了些气味，立刻，蚂蚁们列队返回了箱子。每个进出口还都有兵蚁在守门，以防有“奸细”混入。

五、笑语满村

天黑时分，人们纷纷回村了，家家升起炊烟，做晚饭了。

刚吃罢饭，村长和乡亲们便挤了一屋子，还提了许多好东西。

村长说，队上每年都要化几千元上万元买各种农药，可哪一年都没能把这些害虫消灭了。这一下可好，斩草除根！光老鼠就消灭了少说也有四五千只。一年省了多少粮食！

二婶说，还不算粮囤里的粮食虫。

奶奶说，连苍蝇都没有啦。猪圈、羊圈、牛圈，连个蟑螂都找不到啦！

老孙爷爷对我舅舅说，我那苹果园，闹虫，年年打药，药杀了虫，可果子上会留下残毒，对人不好，弄不好连树都毒死了。请您的蚂蚁去，行不行？

舅舅说：“行！”

村长说：“嘿，咱那

棉花地里闹棉铃虫，玉米地里闹玉米螟，甘蔗地里闹蔗螟，不知能请咱们的蚂蚁兵团治治吗？”

“对呀！”我大叫。

春生哥说：“还有我那菜园子呢，莲花白、豇豆、梅豆年年都让虫子吃得窟窿眼睛的，也请黑骑兵团去消灭消灭？

我瞅着那黑箱子，心想，小看它了，真了不起！

六、月下夜活

晚上，舅舅和我坐在村外的小河旁。

舅舅说，人类社会之外，还有一个昆虫世界。全世界已知的动物有一百五十万种，而昆虫就超过了一百万种。”

“我们这儿有些什么

虫子?”我问。

“那边甘蔗田里，至少有几十万条蔗螟虫日夜不停地蚕食甘蔗。每亩甘蔗田里，成虫总数在万条以下，人们毫不察觉；万条以上，才感到有虫。达到几十万条，人们便感到严重，需要防治了。”

“庄稼地里都有些什么害虫?”

“有蚜虫、二十八星瓢虫、麦蚜虫、玉米螟、蓑蛾、象鼻虫、蛴象、

介壳虫、卷叶蛾、蚱蜢、蝗虫、蝼蛄、衣蛾、蜚蠊、金龟子、金针虫、螽斯……”

“这么多呀！”

“你看，”舅舅说，“这样庞大的一支敌军，在同人类争夺生存空间，怎么能不研究它呢？怎样以虫治虫，真够我们研究一辈子呵！”

我激动地扑在舅舅怀里，“舅舅，你真送了我一件好礼物！”

“比梅花鹿、小老虎还好？”

“好一千倍，一万倍！”我欢叫，“万兽之王！”

［中国］魏雅华

谢　颖　谢艺超　插图

6 根火柴

柯林是中央大脑研究所物理实验室主任。他在自己身上进行了几次危险的实验后，突然昏厥在实验室内。虽经医院抢救，但目前仍处于半昏迷状态。为此，国家科学技术委员会劳动保护局检查专员柳鲍夫来所调查事故的始末。早先，柳鲍夫也是一个科学研究人员，所以他本能地感觉到，在柯林这次事故的背后，可能有着某种非同小可的科学发现。越想到这点，他就越想尽快把事件的真相发掘出来。

在中央大脑研究所的所长办公室里，罗宾所长向柳鲍夫讲述了柯林伤害事故的前前后后……

三个月前，所里的物理实验室增添了一台中微子发生器，柯林声称他要集中精力准备一系列新的实验，就和助手高京斯基一起“关进”了安装有中微子发生器的机房里，但他们在机房里干些什么？

到现在还不清楚。不过，柯林在三件不同的事情上，已引起了同志们的惊讶和注意。

第一件：有一天，柯林和助手进入机房约摸一个钟头，高京斯基突然打开房门，狂奔而出，脸色苍白，跌跌撞撞地奔向实验室的药箱，用颤抖的手抓起一个急救包奔回机房，随手“砰”地一声，把门关上了。但是，就在关门之前，已经有人从开着的门里，看到柯林右手紧紧地攥着自己的左手，手上沾染着红红的东西，看上去有点像血。

第二件：又有一天傍晚，研究所有个名叫伊凡的年轻工作人员，他在苍海公园的一个幽静的角落里遇见了柯林，他们攀谈了几句后，柯林立即将手中的小说《基度山恩仇记》递给伊凡，叫他随便翻开这本书的任意一页。伊凡不明白柯林的用意，有点儿窘，但他还是按柯林的吩咐，把书随便翻开。只见柯林迅速瞥了一眼，便点头道：“现在你仔细看着这一页。”

柯林用清楚而又抑扬顿挫的语调，叙述起罗马狂欢节的

场面来。这时，伊凡才明白柯林是在背诵这部小说。使伊凡惊得目瞪口呆的是，柯林竟一字不漏地背了整整的一页。

第三件：就在这次事故的前几小时，柯林兴致很好，他高高兴兴地给实验室几个同事变了几套戏法。他对大家说，他只消看一眼，就能使燃着的火柴立即熄灭。一个名叫戴茜的姑娘似信非信地拿起一盒火柴，

奔到房间的一角划着了一根火柴。果然，冉冉燃起的火柴在柯林的目光下立即熄灭了。接着，柯林把一根细细的钨丝弹簧轻轻地放在桌子。当他的目光接触到这根弹簧时，弹簧就像小虫似地在玻璃板上爬了起来。大家都非常吃惊，高京斯基要柯林公开这套戏法的变法，但柯林却用话岔开了。

虽然，高京斯基是柯林的助手，但对柯林的实验也知道得并不多，他只知道三个月来柯林是在研究“中微子针灸法”。这是一种依靠中微子束对准大脑进行治疗的方法。但对于他那惊人的记忆力和火柴戏法……高京斯基一概不知。

柳鲍夫在听完罗宾所长介绍后，决定要和高京斯基面谈一次，于是罗宾请秘书找来了高京斯基。

“他就是高京斯基，”罗宾一面向柳鲍夫介绍，一面对高京斯基说，“这位是国家科学技术委员会劳动保护局检查专员柳鲍夫。”

“找找有事吗?”高京斯基带着疑虑的神色问道。

柳鲍夫点点头，让高京斯基坐下，然后缓

缓地说："我喜欢开门见山，高京斯基同志。你是否能确切地谈谈三个月来，柯林同志和你所研究的问题？"

"我们在中微子针灸方面作了些探索。"高京斯基答道。

"是不是能够讲得更详细一些呢？"

"这方面情况已有一份详细的报告了。"高京斯基本来已经为柯林的受伤而焦虑不安，现在又碰到上级派专人来调查，心里老大不快。

"报告我已经看过了，我还想知道报告以外的事情。"

高京斯基心想，这老头多固执。于是无可奈何地说："好吧，我们研究了中微子束对大脑灰白质的作用。一般来说，这项研究是在动物机体上进行的。我们除了记录机体的病理和其他变化，也测定生物电，特定的能量消耗，各种组织的变化曲线……"

柳鲍夫仰身靠向椅背，兴趣盎然地倾听着高京斯基的叙述。突然，他像发现了重要线索似的，兴奋地打断了高京斯基的话，说："请你告诉我，你的手是怎么搞的？"

高京斯基情不自禁地动了一下他的那只手背上有着不少抓痕和蓝黑色伤疤的左手，同时用右手轻轻地抚摸着左手背上的伤痕，轻声地说："是被用来做实验的猴

子抓破的。”

“你们是不是只在动物身上做实验呢?”

“一般说来是这样的。”

“那还有不一般呢?”

高京斯基心里老大不高兴，这老头为什么盯得这么紧，难道怀疑我……高京斯基还没有细想下去，突然又听到柳鲍夫的问话：“两个月前，柯林同志伤的手是怎么回事?”

“我怎么知道呢?他自己割伤了手。”高京斯基感到有些委屈。为了不想让柳鲍夫再问下去，突然冒里冒失地说：“您最好去问问柯林本人。”

“高京斯基!”罗宾所长很不愉快地喝了他一声。显然，高京斯基太过分了。

“安静一些，高京斯基同志，”柳鲍夫缓慢而又威严地说，“你似乎以为我在盘问你，以便取得材料，而这类材料会对你尊敬的柯林同志或者你自己是不利的。其实，你想得太简单了，我到这里来不是为了批评几个人，或者说处罚几个人，而是为了发掘事实的真相，也许这里面有着震惊世界的科学创造呢。

可是你，作为柯林同志的助手，不但不帮助我，反而赌气似的，你真该为自己害臊哪！”

一阵子肃静之后，高京斯基不好意思地说：“您要了解些什么呢？”

“我要更多地了解中微子针灸法，要具体。”

“那是柯林同志的想法，”高京斯基说，“用中微子轰击大脑皮层的一定区域，以诱发它对各种化学毒物和毒素的抵抗力。我们用感染过毒素或中了毒的狗做过实验，发现只要经过二三次中微子针灸后，它们就完全康复了。”

“怎么个做法呢？”柳鲍夫问道。

“将要做实验的那部分毛发剃光，再将中微子束的聚焦装置用吸盘固定在已剃光毛发的皮肤上。柯林同志相信，中微子针灸仿佛有着驱动机体内部某些力量的功效。它有可能

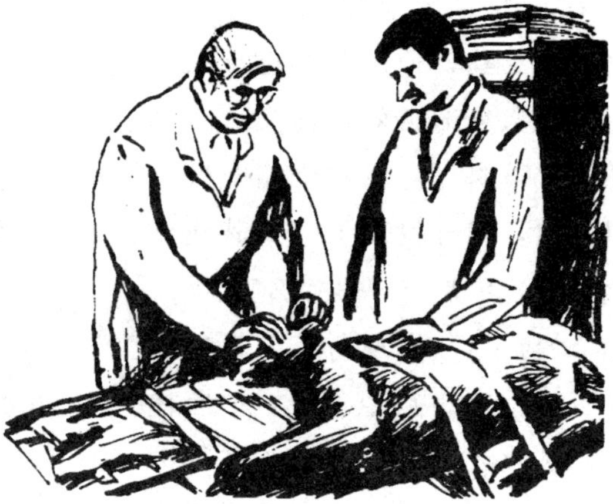

治疗任何疾病，比方说中毒、心脏病、恶性肿瘤等等。”

“癌症！”柳鲍夫听到这里惊叫起来。

“是的。中微子针灸甚至可能使死者的器官恢复活力。柯林同志认为，生物机体的平衡能力是惊人的，其关键是大脑皮层，现在只要找到皮层上的精确部位施行针灸就行了。”

“中微子针灸法。”柳鲍夫慢吞吞地说，玩味着这个术语的特殊含义。稍停片刻，柳鲍夫又说：“现在请告诉我，你是怎样发现柯林同志那天发生事故的？我估计第一个看到他的是你吧！”

“是的。我上班时发现他已瘫在靠背椅上，聚焦器吸盘贴在他的头顶上。开始我以为他已死了，连忙关掉中微子发生器，赶忙奔去找医生。等到柯林送进医院后，我发现柯林工作台上放着一架天平和两盒火柴，有一盒火柴已经倒出来了，而且天平上放着6根火柴，台子上还有一张记着数字的纸片……”

“噢，等等，”柳鲍夫朝罗宾看

了看，仿佛要他注意，然后问道，“火柴，他用火柴做什么？”不待高京斯基回答，他又自言自语，“很明显，他在研究中微子针灸时，意外发现了一些其他什么问题。可是……是什么呢？”

“对了，”高京斯基忽然想起了什么重要事情似地说，“柯林同志和我还用自己的身体进行过中微子针灸试验。他有意用刀片割破自己的手，为的是要弄明白，中微子针灸治疗创伤的效果如何。这就是所知道的全部了。”

谈话结束后，柳鲍夫还在思索，推测柯林事件的真相。第二天一早，罗宾兴冲冲地来到了柳鲍夫的办公室。“专员同志，”罗宾兴奋地叫道，“昨晚在整理柯林的资料和书籍时，从保险柜里意外地发现了柯林的工作笔记本……”

“什么？柯林的笔记本？”柳鲍夫惊喜地接过罗宾递过来的笔记本，立即打开并轻轻地念出声来。

“中微子作为一种新的通信工具已经问世了。但还没有人想到把它应用于生物，特别是脑组织。或许有

人以为中微子会像电子、中子那样，使得脑内蛋白分子和原子内部结构遭到破坏。但是，我认为中微子辐射不仅不会破坏脑组织，在一定的束流下，反而会使脑蛋白引起适度的兴奋，或许因此能治愈某些用药物所无法治愈的疾病。为了证实我的观点，首先进行了动物试验。我确实发现猴子经中微子照射后，它的伤口愈合得非常快。于是我就产生了中微子针灸的念头。通过几次试验，发现中微子针灸的疗效相当惊人，注射过不同剂量、不同种类生物毒素的狗，经中微子针灸疗法后，迅速恢复了健康，用中微子针灸法，我们还在短期内治愈了猴子的肺结核、猪的肝癌等。”柳鲍夫念到这里，情不自禁地说：“真了不起的工作呀！”

“为了把中微子针灸法在临床上应用，必须在人身上进行试验。我想来想去只有在自己身上做试验，那天我故意将自己的手划了一个很大的口子，不巧，正好给高京斯基看到了，经我解释，高京斯基也要进行同样的试验……

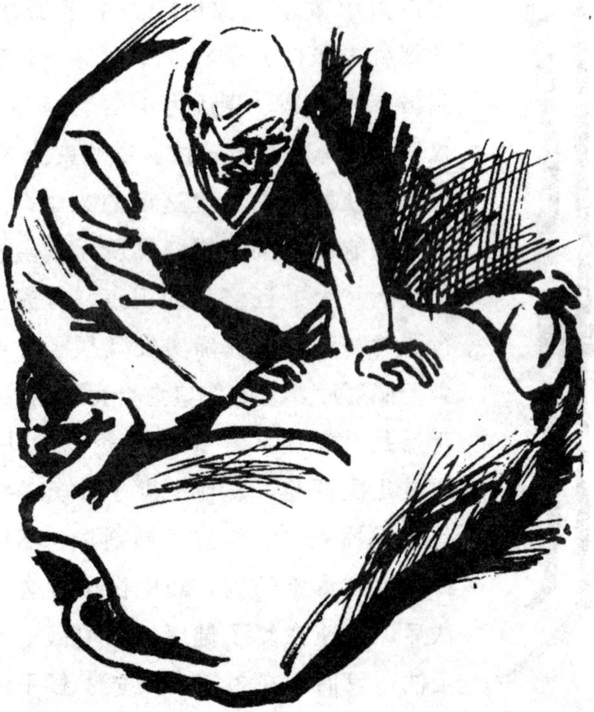

经过我俩的试验，我认为在人和动物身上有着某种还未揭开的、潜在的自愈能力，而中微子针灸则能使这种能力得到激发。

“这几天出现了一些令人费解的事情。那条经常接受中微子试验的狗，突然会无师自通地表演出非常精彩的马戏节目。更奇怪的事情发生在昨天，我突然被饲养员叫到了猴室，只见一只海棠果在慢慢地向那只接受多次中微子针灸试验的猴子身边滚去，最终，这只海棠果成了猴子的美餐。开始，我认为这不值得大惊小怪，但仔细一想，不对呀！猴室没有风，据饲养员讲海棠果是突然滚起来的，那么是什么力使海棠果滚动的呢？我连续试了几次，发现只要猴子的目光一接触到海棠果，它就会滚动起来。

“这些怪事的背后或许隐藏着某种目前还未被发觉的科学道理。为了弄清它的本质，我想还是自己再进行试验，但是，短期内多次照射中微子是否安全呢？我现在还没有把握。这次试验千万不能让高京斯基知道。”

“多好的同志呀！”柳鲍夫若有所思地说，“但是现在我们有这么好的条件，要设备有设备，要动物有动物，为什么还要同志们用自己的身体去做实验，让他们去冒生命危险，我们没有权利对人的生命这样漠不关心哪！所长同志。”

罗宾皱起了眉头，他们默默相对了一会儿，忽然柳鲍夫像记起什么重要事情似地又低声读起来。

“经过半个多月的多次照射，我发现我的记忆力变得特别好，我只要稍稍翻一遍任何一本书，就仿佛像照相机一样，整本书都留在我的脑子里了，当我要背诵时，它便会一页一页清晰地浮现在我的脑海里。是什么力量促使我具有如此惊人的记忆力呢？我还没有搞清楚。会不会是在中微

子照射后，脑组织发生脉冲性收缩，从而产生了某种力场，脑子在这种力场作用下，使思维和记忆力强化了。那么这种力场能不能作用于其他物质呢？特别是人体以外的物质。实验还得进行……

“为了验证关于这种力场的设想，我以一条用尼龙丝悬在真空罩里、重 4.732 克的钨丝弹簧作实验，发现我只要集中精力注视弹簧时，它就会马上摆动起来，这是否说明大脑里的某种力场通过眼睛而作用在弹簧上呢？这是一个值得探讨的重大问题……现在我才恍然大悟，那天猴室里海棠果无缘无故地滚向猴子的怪事，原来也是精神力场的作用。

“大脑的潜力看来是无穷的，需要的是锻炼和激发。现在新的问题

是，手通过肌肉收缩，能提起几十斤重的东西，那么脑组织的收缩能否通过它所产生的某种力场也提起东西呢？需要再实验呀……确实精疲力竭了，得小心，别过度，今天用火柴进行了新的实验。”

笔记到这里为止了。柳鲍夫半瞑而坐，沉思着，柯林的这一发现迟早会得到丰硕的成果。可是，在节骨眼上，他却躺在医院里，处于危险状态中，他不该冒这样的险。

“我想，”柳鲍夫说：“柯林在试图用精神力量举起 6 根火柴时，支持不住了……”

罗宾的话被突然闯进来的高京斯基所打断。他头发蓬松，气喘吁吁地说：“柯林好多了，恢复得很快。”

柳鲍夫看了看罗宾，意味深长地点了点头，然后对高京斯基说：“代我向柯林同志问好，祝他早日康复，和同志们一起出成果，但是不能再走老路了。”稍停片刻，柳鲍夫回过头来，语重心长地对罗宾说：“所长同志，要牢记这一点，今天，人类征服自然，必须依靠智慧，通过精巧的设备、精密的仪器来取得，而不能单纯靠匹夫之勇，不能光靠轻易地牺牲生命来取得。”

［俄罗斯］伊·伊万诺维奇　原作

朱双海　插图

李　华　改写

怪异武器

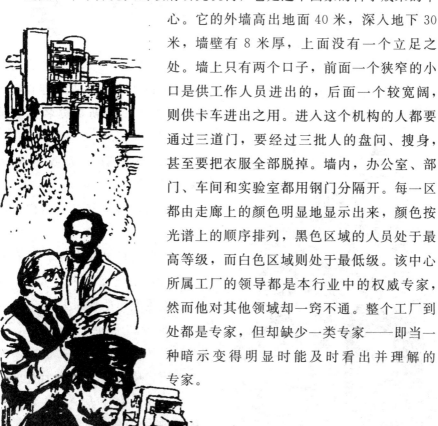

这是一个十分庞大的政府研究机构；它是这个国家的科学成果的中心。它的外墙高出地面40米，深入地下30米，墙壁有8米厚，上面没有一个立足之处。墙上只有两个口子，前面一个狭窄的小口是供工作人员进出的，后面一个较宽阔，则供卡车进出之用。进入这个机构的人都要通过三道门，要经过三批人的盘问、搜身，甚至要把衣服全部脱掉。墙内，办公室、部门、车间和实验室都用钢门分隔开。每一区都由走廊上的颜色明显地显示出来，颜色按光谱上的顺序排列，黑色区域的人员处于最高等级，而白色区域则处于最低级。该中心所属工厂的领导都是本行业中的权威专家，然而他对其他领域却一窍不通。整个工厂到处都是专家，但却缺少一类专家——即当一种暗示变得明显时能及时看出并理解的专家。

有一天，一个绿色区的冶金专家里查德·布兰森正在餐厅里同他的同事伯格谈论起工厂里近半年来发生的一些事。

“我在这里已经8年了，”布兰森说，“开头的6年里，情况很正常，人员的损失是由于退休、生病、死亡或被调到别处去担任更重要的工作。但是这两年的情况就不一样了。譬如说，麦克莱思和辛普逊到亚马逊河去度假后，就消失得无影无踪；又如雅格伯特，娶了一个有钱的太太后就去阿根廷帮她照料牛群；还有亨德森心血来潮地去西部开了一家五金店；还有阿凡尼思、马勒都莫名其妙地死了。”

“说不定有一天我也会消失的。”

果然，两个月以后伯格也消失不见了。

在以后的几个月里，又有三个高级职员突然离去。然后，事情就发生到布兰森的头上。

那是13日的一个星期五。布兰森照例在换乘火车之前在一家小餐馆内喝咖啡。邻座上有两个人在交谈，看样子是开长途卡车的驾驶员

“那一天我在路上开车，看到一棵给大水冲倒的树横在路

上。后来我碰到一辆警备车，我把这情况告诉了他们，要他们小心些。几天后，一个州警察来找我，说是在那棵树底下发现了一些人骨，他们认为那是一个女人的骨头，埋在那儿大约有 20 年了。”

“事情发生在哪儿?”

“伯利斯顿。”

听到这个地方，布兰森全身猛地一震。天哪！那不是我在 20 年前杀害阿琳的地方吗？那些不就是阿琳的尸骨吗？

这件事一路上一直困扰着他。他恍恍惚惚地进了家门，然后失魂落魄地走进洗澡间，把上身衣服脱掉。他的妻子多萝西关心地走进来，发现他的胳膊上有个青块。

“那是我早上从楼梯上摔下来时碰撞的，后脑袋上也有个肿块，”布兰森说，“当时我正在楼梯上下来，好像被什么东西绊了一下，幸亏有两个人正在楼梯旁，他们及时抓住我，才没有受重伤。”

“后来呢?”多萝西关切地问。

“我准是撞晕了一会儿。等我醒来时发现自己坐在梯子上，头脑昏沉沉的。那两个人中的一个正拍打着我的脸。”

接连几天，布兰森都是那么神思恍惚，神经几乎在24小时内都处于极度紧张的状态。他似乎老是感到警察正追捕他，身后总是有人盯梢，多萝西劝他休息一段日子，布兰森答应考虑考虑。

他又忍了四天，但到了第四天他再也忍不下去了，因为他看到一个名叫里尔登的高个子出现在厂里。

“他准是在盯我，”布兰森想，“我不能再忍下去了。”

下班后，他径直走进人事部门，提出要休息一个星期。人事部门向有关领导请示后，同意了他的请求。

布兰森一进家门就告诉多萝西他要出门了，但不是说去度假，而是说要出差一个星期，多萝西问他去哪里，他脱口而出地说是伯利斯顿，中西部的一个小地方。

第二天早上，布兰森在镇

上的售票处买了一张去一座大城市的票子。他转过身来，正巧看到里尔登在他身旁。他匆匆地和他打了个招呼，就急忙走开。他感到心惊胆颤，因为他知道这不大可能是巧合。他上了火车，没有见到里尔登跟来。火车到站后，布兰森就去售票处买了一张去伯利斯顿的票子，但售票员告诉他，火车只到汉伯雷，离伯利斯顿有24公里。布兰森买了张去汉伯雷的票子就匆匆地上了车。

在车上，他回忆起了20年前的情景：她叫阿琳·拉法奇，黑头发，黑眼睛，一个工于心计、冷酷无情的女人。他不知道她怎样地控制了他，拼命地利用他。20年前的一天，她约他去伯利斯顿，然后幸灾乐祸地任意侮辱他。他气极了，一下子打碎了她的脑袋，然后把她埋在一棵树下。这一切情况似乎都历历在目。但阿琳究竟凭什么控制他，他却一点也

记不起来。

他到达汉伯雷的时候夜幕已经降临了，第二天一早他就乘公共汽车来到伯利斯顿。下车后，他向四周打量了一下，可是什么也认不出来。他租了辆出租车，自称自己是一家公司的经理，打算在这座城镇的郊外找一处适宜于开设小型工厂的厂址。他要司机在城镇周围10公里的所有道路上兜一圈，可是没有一处是他认得出来的。他又到一家服装店去打听哪里是被大水冲倒的那棵树，可得到的回答是这里50年来没有发过大水。

“或许在报纸上会登载这起谋杀案。”他想起来。于是他来到附近一家报社，买了最近三个月的报纸。他在旅馆里花了一个多小时，但没有找到任何有关该谋杀案的报道。他决定在晚饭前先刮刮脸，可是发现手提箱里的东西似乎有人动过了。他来到值班员的柜台旁，忽而看到登记簿上写着“约瑟夫·里尔登，13号房间”。

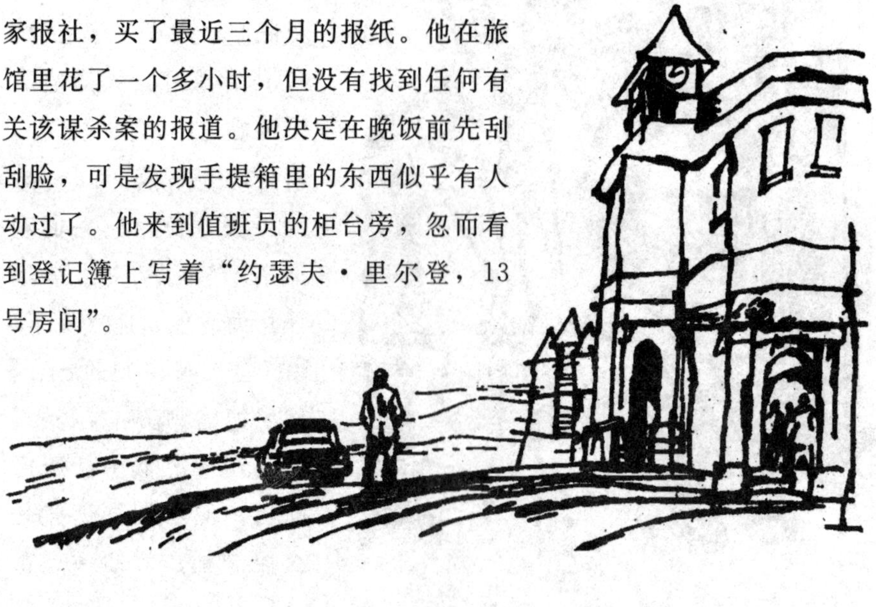

第二天早上他又到报社去买了近一年来的报纸，可是回到旅馆后还是找不出什么来。他决定用假名打电话到警察局去查询一下。他刚走到13号房间门口，正巧里尔登从里面出来。他怒火冲天，猛地一拳把里尔登打得摇摇晃晃，然后接连几拳把他打昏过去。他迅速地搜了他的身，在他的皮夹里找到一张名片，上面印着：美国联邦政府，军事情报局，约瑟夫·里尔登。

他知道事情不妙，立即冲进自己房间，拎起手提箱离开旅馆。他搭上一辆小轿车，向镇外驶去。车子来到镇外大约30公里处，被两名警

察拦住了。他们发现他的证件上写着里查德·布兰森，就把他带回了警察总部。

带回总部后，过了三个小时里尔登才赶来。里尔登断定布兰森肯定有什么事情隐瞒着，并坚持要他说出来，可布兰森一口咬定到这里来是度假。里尔登无奈，只好把布兰森带回去。

在火车上，里尔登告诉他目前正在进行着一场战斗，不是真枪实弹的战争，但同样也是一场战争。布兰森他们目前正在制造新武器。双方都企图盗走对方最佳的脑力劳动者。他们使用盗窃、贿赂、敲诈、谋杀等一切手段，甚至还调换他们的脑袋。里尔登还告诉他，近两年来，好多工厂都失去了一些卓越的科学家。他们起先都在工作上出毛病，然后举止失常，最终大多精神崩溃。有些人提出辞职，有些人申请度假，但都是一去就不复返。接着，里尔登把布兰森来到伯利斯顿后所做的一切事都原原本本地说给他听，并认为布兰森来到这里是要与某个不相识的人会面。然后，里尔登又把比他先离职的亨德森的

情况告诉了他：亨德森在卡路梅特开了一家五金店；他们找到了他，并问了他一些问题。一个月后，他关了店，离开了那个地方。两个星期后，他们发现他在一个名叫湖畔的地方又开了一家五金店。目前他们仍在监视着他。

“你现在仍在别人的控制下，”里尔登最后说，“你应该把他的名字说出来。”

“请原谅，我想上厕所。”布兰森说。

布兰森一进厕所，就把门扣住，然后打开窗子，爬出窗外，猛地跳下火车。

布兰森撞在一个长满野草的斜坡上，爬起身后，发现自己没有受伤，只是摔破了衣服。于是，他登上斜坡沿着铁轨往回

走，搭乘了两次汽车，来到一个较大的城镇。他在镇上给多萝西通了电话。多萝西告诉他，有人给家里打过电话，说是厂里打来的，后来又有两个人上门来，自称是工厂保安部门的，一个很高很瘦，另一个剃了平顶，他们都想知道布兰森去哪里了。第二天早上，一个外国人模样的人也上门来打听他的情况，多萝西都没有告诉他们他的去向。布兰森打完电话后就立即离开那里。他断定打电话和后来上门的人分属两个组织，而且都不属警方。

布兰森又回到了市中心，在一本全国地名录上找到了四个名叫“湖畔”的地方。他挑了一个较近的、有 2000 居民的湖畔，然后花了几乎一天时间乘火车赶到那里。他找到一家五金店就推门进去，看到亨德森正在那里接待顾客。亨德森见到他后满脸的不高兴，布兰森只好约他晚上 8 时再见。

晚上，他们来到一家小餐馆。尽管亨德森不愿

意交谈，布兰森还是坦率地把一切经过情况都告诉他。布兰森说，他的记忆告诉他 20 年前他在伯利斯顿杀害了一个名叫阿琳的女人，但调查到的一切证据都表示根本没有那回事。因此他敢肯定是他的记忆在撒谎。布兰森想了解亨德森出走的原因，亨拒不回答，最后在布兰森的一再要求下，亨德森同意自己也去进行调查，并把调查的结果告诉布兰森。

布兰森出来后转换了两次火车，然后打电话给汉伯雷的警方。他自称是阿琳的哥哥，20 年前他的妹妹失踪了，最近他听说在一棵树下发现了女孩的尸骨，他想核实一下那有没有可能是他的妹妹。警方回答他没有发现过尸骨。当他表示要去那里作进一步了解时，警方告诉他完全没有这个必要。

打完电话后布兰森又乘上了火车。在火车上他反复地进行了思考。他肯定没有杀过人，但是为什么头脑里会有这种记忆。他回想了一下，那天他撞晕后，是过了两个小时才醒来，会不会有人乘机在他的头脑数据库里增加了新的项目，而其他一些人实际上都是同伙呢？

有五个人可以解开这个谜：在楼梯上抓住他的那两个人，卡车司机和他的助手，还有那个外国人模样的人。他决定先从找卡车司机着手。

夜幕降临时，布兰森回到了自己家乡的城

市。第二天早上，他和多萝西通了电话，约了她在12时半左右到一家只有他们俩知道的餐馆吃午饭。

中午时分，多萝西和他见了面，并把他留在火车上的手提箱交给他，说是一个名叫里尔登的人送到家里来的。

离开多萝西后，布兰森以国防部官员的身份去几家汽车运输公司打听那个卡车司机。几经周折，他终于打听到那个

司机叫斯塔维克（他的朋友叫他考西），他经常到弹子房去打弹子。布兰森来到弹子房门口，监视着进进出出的人。到晚上11点半，他看到弹子房里出来三个人，其中一个就是在楼梯上扶他的人。布兰森跟在他们后面，在他的身后也有两个人跟着，后面还有一辆载着四

个人的汽车慢慢地开着。

到十字路口，三个人就分了手，布兰森盯住了他认识的那个人。那个人走进电话亭，拨了个电话。“考西，”他说，“有人盯上我了……好吧，我把他带到那里去。”

那个人走出电话亭后，若无其事地向前走，突然一转身，跑进了一幢灰色的公寓。

布兰森也进了这幢公寓，一个一个房间地查看着。突然间，一扇门打开，有人在他背后猛地一推，他一头栽进门内。

布兰森在地毯上拼命翻滚。他突然看到两条粗壮的大腿，他抓住脚踝，把那个人扳倒在地，他就是考西。接着，又有几个人进来，把布兰森按在地上猛击。正当他快要受不住时，门口冲进来四个穿便衣的人和一个警察，其中一个便是里尔登。他们把屋里的8名歹徒带了出去，布兰森也跟着里尔登上了汽车。

在汽车里，里尔登告诉布兰森，他知道布兰森的脾气，他一定会回到这里来的，因此他们监视了开往这里的一切车辆，很容易地就找到了布兰森。

在警察总部，里尔登又接到了一个电话，说是他们在一个仓库里又发现了三个人，还有一组机械装置。

放下听筒，里尔登就带了布兰森和两名助手乘巡逻车来到一个位于一条阴暗大街的小仓库

前。一名警察告诉里尔登那三个人已被带走了。他们走进仓库，来到后面的一间房子里。那里有一台机械装置，2 米高，2 米长，1 米宽，大约有两吨重，它的后面装有一台电动机，前面有一对带罩的镜头。里尔登叫他的两个助手去操作一下，看看能发现什么，然后把布兰森领到一个半暗不明的地方。

20 分钟后，一个叫韦特的助手从后面走出来，手里拿着一块用发光材料制成的飘带，他挥舞着那根飘带解释说："这是一把杀人的刀，那件新发明的小玩艺儿是一台非常特殊的电影放映机，它放出立体的彩色图像。银幕上的图像由数以千计的微小的角椎形小珠子组成，这种三维图像不需要极

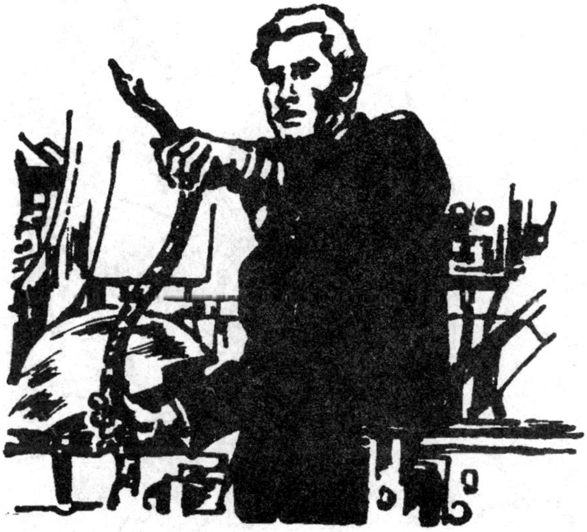

化过的眼镜就能清楚地看到。这种电影在摄制时，摄影机镜头与观众混为一体，它的视角与观众的视角是一致的。在这条飘带中，它放映出一对并排的以角位移动的 76 毫米电影画面，从而产生一种立体效果。它用的不是 35 毫米的标准镜头，而是非标准的镜头。每分钟放出 3 300 个画面。每隔五个画面照明灯的亮度就突然升高一次，也就是说以每秒 11 个脉冲的速度产生一次闪光——它同视觉神经的自然节律相吻合。这样，全过程便产生一种旋转镜像效应。这种脉动迫使旁观者进入催眠状态，使他变成了一架摄影机，他的头脑被迫接受并记录一种虚假的记忆。这台机器能产生过去发生的罪行以及有关的人物、地点、犯罪动机和当时的情景等，而人的头脑就把这些回忆记入脑子中过去由于某种原因而留下的空穴里。”

韦特从口袋里掏出一小段电影胶卷，递给了布兰森，“这些储存器里存放着许多现成的凶杀镜头。其中

的一起凶杀案就是在伯利斯顿杀害一个名叫阿琳的女孩。”

晚上6点钟，里尔登用车把布兰森送回家中。途中，里尔登告诉他：“那天你被人猛击了一下，失去了知觉，然后被人带走。他们用洗脑机来对付你，再把你放回梯子上，然后轻轻拍你的脸。接着，另一个家伙使洗脑机生效，然后再有一个家伙迫使你出逃。”

在饭桌上，里尔登举起了酒杯，这时候，电话铃响了。电话里传来亨德森激动的声音：“布兰森，你完全正确。我已搞清楚了。我正在返回途中，10点半和你见面。”

里尔登举起酒杯说：“来吧，为再侦破一起谋杀案而干杯！”

［英国］埃·拉塞尔　原作

蒋一平　改写

谢　颖　谢艺超　插图

过天桥

西柳河上要修西柳桥，我打心眼里高兴。西柳河上原本也有座桥，那是座老桥，桥小路窄。自打我们的小镇热闹起来以后，小桥两头，大小汽车排长龙，行人只好在汽车缝里穿梭行走，真急人。

现在要造桥，可是座大桥，桥大路宽。听说，好几辆汽车排成队，谁也不挤谁。一个小镇旁有那么一座大桥，够气派的，我从长那么大，还没见过什么大铁桥，这回呀，也能开开眼界啦。

这几天，走到哪儿，哪儿都在说大铁桥的事。因为通车的日子已经确定，就在后天。再过两天，大桥就能造好，好多汽车已开到了桥头，只等着过桥。

听到消息，我到西柳河边去看过两次，连桥的影子也没看见。河岸上，来来往往的人倒是很多，跟我一样，都是来看热闹的。大伙来的时候，说说笑笑；回去的时候，议论纷纷。工地上冷冷清清，哪儿像修桥

的样子，没有钢梁，没有大老吊，连像样的机器也没有。再过两天，后天就要通车……通车，要不是吹牛，就是改日期了……

怪事还多哩。桥没修成，还要开庆祝大会，时间就定在今天晚上。庆祝什么呀！管他怎么庆祝，去看看，看看主持人怎么解释“庆祝”这两个字。不解释也行，看看节目开开心。

晚会开得很热闹，打夯歌，有劲；大头娃娃舞，有趣，把大家逗得哈哈大笑。最吸引人的节目是魔术——过天桥。变得太奇妙啦，不但看不出破绽来，连怎么

变的，也猜不出门道来。

幕拉开的时候，走出一位牧童来。演牧童的演员是位青年，可演得活像个小孩。他穿着粉袄绿裤，腰上系着一条天蓝色的绸带，牵着一头牛，急急忙忙向前赶路。当然罗，牧童牵的牛并不是真牛，其实，他什么也没牵着，空着两只手。可是，他的表演使人相信他的的确确牵着头牛，还是头调皮的小牛。牧童走呀走，走到一条河边，河水挡住了去路，过不去啦。

牧童登上河岸，当然，河岸也是假想的，那只是张高桌子。他用手遮住阳光，往下一看：哟，好深的水呀，没有桥，别想把调皮的牛牵过河去。

这时候，牧童不慌不忙，解下那条天蓝色的绸带，随手往对岸一扬。嘿，绸带飘飘扬扬，直向河面落下，落在半空中，好像有什么东西挡住似的，竟稳稳当当地搭在两张桌子中间，成了一座“天桥”。

牧童满心高兴，伸出一只脚，往天桥上踩了踩，试探了一下，不错，很结实。于是，他放开脚步，从那座绸子铺成的桥上走过去了。

人家说：戏法戏法，都是假的。观众的眼快，比不上演员手快。绸带不可能空悬着，下面准

垫着什么东西，不知是木板还是钢板，只是他垫得太快了，台下几百双眼睛都没看出来。

演员最懂观众的心理，转过身来，把绸带扯掉，依然系在身上。我瞪大眼睛往台上看，嘿，绸带下面什么也没有，还像刚才那样空空荡荡。表演还没完。牧童向前走了几步，忽然想起来。人过来了，可忘了把牛牵过来，还得回到河那边去。只见他站在岸边，细眯着眼在那儿找桥。绸带铺成的桥已经拆去，桥在哪儿呢？可是，牧童突然乐得手舞足蹈，用手一指，好像对观众说：桥，这儿有座桥！

我可替牧童担心，一脚踩空，马上就得掉到河里。他却满有把握，一步一试探，走上“桥”去了。天哪！他哪儿是在过桥，整个人悬在空中。好像还不够刺激，他在“桥”上一跺脚，竟跳了起来，紧接着又来一个空翻，在“桥”上，不，在空中翻起跟头来了。神奇啊！要不是魔术表演，我真会把牧童看成一位腾云驾雾的神仙。

幕拉上了，我仍然在用心思琢磨。你说没有桥，在空中怎么翻跟头？不可能。你说有桥，几百双眼睛都没看见？有桥，有桥一定是座看不见的桥。我想了一天一夜，也没想出个头绪来。

第二天，我跑去找那位演牧童的工人，拉住他，请他讲讲，到底是怎么过天桥的？我知道，魔术师不会轻易说出他的秘密。我说完我的问题，甚至不敢期望得到答复。没想到他给我一个答案，平平淡淡的一句话：“昨天晚上，要是把你请到台上，你也会大摇大摆地走过桥去。”“桥？”我瞪大眼睛看着他。“是的。的确有座桥。”他说得越简单，我越觉得神秘，竟缠着他问个不停。最后他从口袋里掏出两根比头发还细的铁丝，叫我把它弯成圆圈。我毫不在意地拿起铁丝放

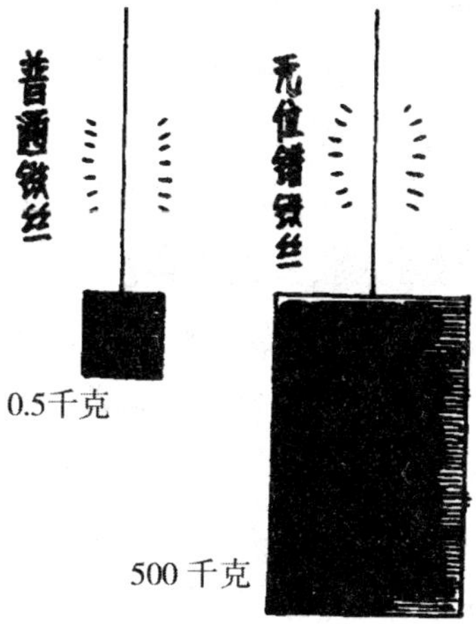

在膝盖上，使足全身的力气往下按，细铁丝还是直挺挺的，不肯向我弯腰。

“瞧见了吧，这就是秘密，”他笑嘻嘻地说，“昨天晚上，我表演的不是魔术，是舞蹈。我说是舞蹈，你也不一定信。这么吧，现在先说说这两根铁丝。”

他告诉我，这种奇妙的铁丝，道理并不奥妙。

这种无位错铁，早在一百多年前，科学家做实验的时候就发现了。当时，不知道怎么去冶炼它，经过几十年的研究，才找到大量炼无位错铁的办法。打个比方说，这两根铁丝，要是用普通铁做，只要用 0.5 千克重的力量就能把它拉断，现在用无位错铁做，就需要用 500 千克力才能拉断，提高了 1 000 倍。

最后，他终于又转到魔术上来，眼前的这两根铁丝，抵得上两根粗大的钢梁。用这种细铁丝焊接成一座桥，放在舞台上，铁丝涂成黑色，舞台背景也是黑的，除了在它旁边的牧童以外，谁也看不见。谁要是看得见，他一定有一双“神眼”。可惜，世界上是没有“神眼”的。

明白了。看不见的天桥，实际上是座铁丝桥。牧童铺绸带，只是装装样子，故弄玄虚罢了。绸带化成桥，其实是绸带铺在铁桥上；第二次过桥，牧童也没有腾空，脚下踩着结结实实的铁桥哩。

我满意地告辞了。过了两天，西柳河上的大铁桥果然造成了。造桥的材料，就用的是无位错铁。远远看去，好像是几张薄铁片悬在空中。走近看，才看清下面有几根铁丝托住铁片。这就是大铁桥。不知谁在那儿说，造大桥可不是闹着玩的，随随便便用铁丝铁片造座桥，压垮了谁来陪人命。我可不那么想，没等举行落成典礼，钻了一个空子，跑到桥上溜了一圈，稳稳当当的，什么事也没发生。后来，大汽车一辆接一辆地驶过大桥，也没见大桥闪动一星半点。我想，这真是世界上最牢固的桥。

［中国］赵世洲

殷恩光　插图